于坚 著

2011—2021
于坚诗选

漫游

Roaming

江苏凤凰文艺出版社

图书在版编目(CIP)数据

漫游:于坚诗选:2011—2021 / 于坚著. —南京:
江苏凤凰文艺出版社，2023.3(2023.4 重印)
ISBN 978-7-5594-7324-0

Ⅰ.①漫… Ⅱ.①于… Ⅲ.①诗集-中国-当代
Ⅳ.①I227

中国版本图书馆 CIP 数据核字(2022)第 225251 号

漫游：于坚诗选：2011—2021
于坚 著

出 版 人	张在健
责任编辑	孙建兵 李 黎
责任印制	刘 巍
出版发行	江苏凤凰文艺出版社
	南京市中央路 165 号，邮编：210009
网 址	http://www.jswenyi.com
印 刷	苏州市越洋印刷有限公司
开 本	880 毫米×1230 毫米 1/32
印 张	14
字 数	230 千字
版 次	2023 年 3 月第 1 版
印 次	2023 年 4 月第 2 次印刷
书 号	ISBN 978-7-5594-7324-0
定 价	65.00 元

江苏凤凰文艺版图书凡印刷、装订错误，可向出版社调换，联系电话 025-83280257

目 录

高原 —— 001
那封信 —— 002
红色月亮 —— 004
大海之书 —— 005
在西部荒野中看见火车 —— 006
加勒比 —— 007
风中巴赫 —— 008
日落时的河滩 —— 009
落叶在我脚下窃窃私语 —— 010
我已失去那种伤心 —— 011
一棵侧柏站在高原 —— 012
又是秋天 —— 013
雪人 —— 014
这个夜晚我需要那棵树的名字 —— 015

一棵树在高原上发光	——	017
某橡树	——	018
造物	——	020
理解深邃	——	021
种树者呵 你得小心	——	022
赦免	——	024
漫游	——	025
朝向	——	026
容器	——	027
农夫	——	028
弃物	——	029
谈话	——	030
日日夜夜谈论云南	——	031
云南点名	——	033
珠江源	——	036
鳄梦	——	038
萨荣	——	040
狮子或陶罐	——	042
波斯大军	——	044

2017年在印度一处海岸	——	045
秋天——为凡·高而作	——	046
主宰落日	——	047
转世	——	049
孔子	——	051
周颂	——	054
祖国	——	056
中原九首	——	058
古代	——	058
中原	——	059
咏应县木塔	——	060
宋陵石狮	——	061
巩义　登封	——	062
郏县朝苏轼墓	——	064
李双的桃子	——	066
黄河之兽	——	068
洛阳	——	069
长城	——	071
但丁	——	073

伊曼努尔·康德	——	075
狄金森	——	077
另一位博尔赫斯	——	079
谢默斯·希尼	——	081
看贾科梅蒂回顾展	——	083
在一架飞机里读毕肖普	——	085
听画肉者弗朗西斯·培根论画	——	087
杜尚与大理石——致德安和朵多	——	089
斯蒂文斯	——	091
论卢西安·弗洛伊德	——	095
科恩	——	098
屠夫	——	100
王维	——	101
致胡安·鲁尔弗	——	103
电视机里的雪豹	——	105
我无法选择　也不能言语	——	107
波音 707	——	108
采石场遗址	——	109
册封——写在威斯敏斯特教堂诗人角	——	113

侧柏	——	116
车过黄庄站	——	118
车站谣曲	——	120
厨房巫师	——	122
整个春天	——	124
春天　群鸟在树上安装新叶……	——	126
春天中的独角兽	——	128
地火	——	129
大象十章（组诗）	——	131
乌鸦集十首	——	142
乌鸦	——	142
鸟群中　最暗淡的一只	——	143
乌鸦第 11 号	——	144
法兰克福的乌鸦——怀彼得	——	145
乌鸦与喜鹊	——	147
逃亡	——	148
乌鸦下的农夫	——	149
鸦鸣	——	151
寓言	——	152

乌鸦已经起飞	——	153
希腊诗记二十首	——	155
希腊	——	155
希腊旅游建议	——	156
缆索	——	157
来到希腊	——	158
宙斯神殿	——	158
阿波罗神庙	——	159
废墟	——	160
旧地毯	——	161
雅典一条街	——	163
被单	——	163
阳光下的自行车	——	164
老四	——	164
雅典市场	——	165
古铜色	——	166
夜莺	——	168
流速	——	168
影子	——	170

  在雅典 —— 171
  古铜色毯子 —— 171
  访波塞冬神庙 —— 172
在德钦高原遇到某某 —— 176
论酒——致韩宏 —— 178
冬原 —— 180
抚仙湖四首 —— 181
  湖人歌 —— 181
  大学故事 —— 182
  抚仙湖之光 —— 184
  抚仙湖 —— 186
落日 —— 188
柑橘 —— 189
高音喇叭 —— 190
好的夏天 —— 192
黑夜漫游 —— 194
恒河集八首 —— 196
  恒河 —— 196
  瓦拉纳西 —— 196

风 —— 197

　　那样白哦　恒河上的船 —— 198

　　一场暴雨 —— 199

　　加尔各答城的夏天 —— 200

　　落日 —— 201

　　阿拉伯海 —— 202

候机 —— 204

灰色的滇池 —— 205

机场惯例 —— 206

加勒比变奏 —— 208

假苹果 —— 210

建造房屋 —— 212

旧工厂 —— 214

愤怒 —— 217

访弗罗斯特故居 —— 219

卡塔出它的石头 —— 221

孔雀 —— 224

烂苹果 —— 225

老井 —— 226

流星	——	229
轮回	——	231
罗斯科	——	232
麦德林	——	234
猫之光	——	235
毛线团	——	237
梦中树	——	239
某夜，从美国诗人罗恩的农场离开	——	241
致病危中的美国诗人肯沃德	——	242
南诏	——	243
农历七月十五致亡友们	——	249
献给桉树	——	252
女孩	——	255
帕金森	——	259
阿拉斯加之犬	——	261
那时我抬起头来……	——	263
越窑帝国	——	264
晴	——	266
筇竹寺记	——	269

秋飔	——	271
六月十二日于云南师范大学与同学在一棵树下晚餐	——	272
秋天的尤利西斯	——	274
日喀则的手谈者	——	277
尚义街6号	——	279
舍利子	——	284
负鼠	——	285
事件：麻烦	——	287
《鸡足山志》	——	290
水塔	——	291
桃形捧盒	——	292
田纳西的咸菜罐	——	293
屋顶上	——	295
普罗旺斯八首	——	297
在德国	——	302
德国熟人	——	302
回忆法兰克福	——	303
一课	——	305

"杏仁眼的阴影"——看克劳德·朗兹曼的

 纪录片《浩劫》有感 —— 306

犀鸟 —— 308

西部六首 —— 309

 水电站游记 —— 309

 电线杆 —— 310

 莫高窟风景 —— 311

 讨赖河 —— 313

 冬天的党河 —— 314

 骆驼 —— 315

小邮票 —— 316

新加坡 —— 318

雪后 —— 320

一棵树 —— 321

一匹马 —— 323

银杏树的反对者 —— 324

印象派之父 —— 325

忧郁 —— 327

雨季 —— 329

缘分	——	331
云南大学会泽院之水池	——	332
在海边	——	334
在昆阳公路	——	335
在墨西哥湾的度假区	——	337
登纽约帝国大厦	——	338
昭宗水库——向 R. S. 托马斯致敬	——	344
致一栋房子	——	346
致一只野兔	——	348
祭祖	——	349
左贡镇	——	351
巴黎行十七首	——	352
巴黎	——	352
波德莱尔	——	353
罗兰·巴特之死	——	354
你还在这里	——	356
巴黎黄昏	——	357
巴黎，在库赞街	——	358
在巴黎一家动物园看豹子	——	359

给夏东	——	361
莫里哀小巷	——	363
钟声	——	364
小偷	——	364
巴黎星期日的长跑	——	365
面包	——	365
窗帘换了……	——	366
旧地图	——	367
给 Amin	——	368
法兰西	——	369
涅瓦河	——	371
长短句：于坚行十七章	——	373
印度行	——	373
万象行	——	375
教堂行	——	377
香港行——为括号书店作	——	379
二手店行	——	382
蔡甸行	——	386
朗诵会行	——	388

运河行	——	389
蟑螂行	——	391
白螺湖行	——	394
贡萨寺行	——	396
浠水行——并赠《后天》诸君	——	398
秦皇岛行	——	402
黄州行	——	405
兰州行	——	409
土豆行	——	412
日喀则行	——	415

三种记忆 —— 419

后记　诗解放生命 —— 420

高　原

生殖完成　秋天的母兽俯卧在大地上
乳峰浑圆　肚脐间的湿地模糊
一条浑浊的河流停在满足中
森林一代又一代地生长　时间一到就倒地死去
后来的农夫再也长不出那只摆布洪荒的手
拄着锄头在荒地间稍息　眺望苍山
他有造物之心　他将要播种土豆

2016年11月5日

那封信

我等待着一封信

在黑暗将至的黄昏

在露水闪光的黎明

我等待着那封信

不是圣旨到

也不是死刑判决书

不是被邮局退回的手稿

我的语言早已获得宇宙编辑部的采用通知

不是爱人的信

她的信我有一捆又一捆

密布着甜言蜜语和信誓旦旦

呵　我等待着那封信

那封信　没有信封和字迹

天空大道杳无白云

风在幽暗的水面摇晃着绿邮筒

2013 年 6 月 25 日

红色月亮

塔克拉玛干以北
七月二十二日是星期三
沙漠的殡仪永不结束
一尘不染的天空下
金字塔在漏雨
黄色的沙埋葬着黄色的沙
可以想象一位先知是如何
拄着手杖并赤脚在这里开始长征
他要找一枚红色月亮

2014 年

大海之书

暮晚的大海上摆着一本发光的书
海浪　波段　这一卷跟着那一卷
波浪　海段　这一行滚向那一行
无数的舌头咬着第一页
字迹泛起又沉下　清晰又模糊
聚积着又销毁着　喷出一座座陵墓
诱惑着阅读　重复着失败　持续着无解
海浪　波段　波段　海浪

2017年2月6日

在西部荒野中看见火车

那时我们站在旷野中间　以色列在西　莫高窟在北
仿佛从水里出来　火车再次开出大漠或者开回
摩西在车头上唱着歌　电线杆望尘莫及
车厢蠕动着　黑色的链条在滑出大地的轮子
不知道它运走了什么　不知道它运来过什么
我们站在旷野中间　捡起石块又扔掉
等着它走完剩下的铁轨　就像从未被运走的远古之人

2013 年

加勒比

谁乳房中的花朵　涌向秋天又在祖母的灰发中消瘦
谁的建筑材料　完成着一座座无人加冕的大教堂
谁的歌剧　波浪之书一本本打开又归于剧终
谁的修道院　沿着墨西哥湾　一粒粒沙子在天空下告解
悬崖终结处　大道坦荡　垂暮之海闪着微芒
星星的公墓安放在深渊下　狮子迷失于更辽阔的广场
谁能在这面巨大的镜子中看见自己？谁在此地
长眠而不死　被黑暗永恒地照耀

2016年2月11日

风中巴赫

那棵树顶端出现了一群不规则的十字架
它一直在黑暗里寻找天平　金色的　在黎明
并非大教堂　它没有信仰　春天之风吹拂着它
令它高尚　风也不知道自己造出了
一台管风琴　鸟群也不知道自己是一个
长着翅膀的唱诗班　演奏者也不是
1685 年 3 月 21 日出生在杜林根森林
爱森纳赫镇的约翰·塞巴斯蒂安·巴赫
只是些无调的和声　只是一棵老迈的银杏树
只是风……

2020 年 3 月 7 日

日落时的河滩

黄昏退潮　有些遗物停在岸边
不知道它们前定是什么　世界的配件
骨头　躯壳　解体时丧失了名字　大地的
投诚者　遗世独立　在沙滩上等着归仓
那面镜来自宋　那只鞋到过伯利恒
那些石头冒充过一场雨　在故宫
远方天空下　驼背的河流在修补壕沟
一只晚年的沙丘鹤卷着裤脚
在它们之间走来走去　它不会计算时间
有时长唳一声　蒲公英闻声而逝
没有传说的那么悲伤　夜晚它住在这

2017 年 3 月 16 日

落叶在我脚下窃窃私语

在这个古老的城邦里
天才和有理想的人都已离开
剩下喝水的盲人和拄手杖的大师
水井　旧窗　厨娘　还有住在武成路的博尔赫斯
还有那家小诊所　中药铺寂寞地等着号脉
只有我还在故乡　那些越来越密集的
废墟中——就像闹市　包围着我
只有我还在那些模糊的街道上走
我无法离开　我的爱情在那棵柳树下面
一个聋子又能逃去何处　那些秘密的声音
那些金子多么安静　落叶在我脚下窃窃私语

2019 年

我已失去那种伤心

春天　没有节日　没有巫师
没有白色为万物洗礼　准备新娘
不　有的　它已经如期而至
去年二月玩过的那个公园
神秘的雪人　正在自杀的花瓣
一行脚印是邻居的　废墟不知去向
只是我看不见　忽如一夜春风来
千树万树梨花开　我已失去那种语言
那种古老的伤心　黑暗不在大地上

2020 年 2 月

一棵侧柏站在高原

一棵侧柏站在高原
位于怒江与高黎贡山之间
黄昏一度将它的表面改成金黄色
就像刚刚被龙袍加身　它一动不动
在落日中　直到辉煌朦胧　直到看不出
是一棵侧柏　随风摇曳着　就像周边的
其他树　整理着自己　以备在黑暗里
不失去品质　它不会失去　它一直站在狮子座下
是光在变化　星光将要来到它的顶上

2016 年 10 月 6 日

又是秋天

秋天　大地的托盘再次端上落叶
它的黄金之心　它的辉煌美意
随便你拾起哪一片　随便你踩踏
失败也是一场盛宴　哦　秋天
我的兄弟　我也来自疯狂夏日
我也曾痛饮狂歌　也曾失去
我失去的不是你失去的
我得到的不是你得到的
我没有心给你　我只有废墟
我只有骷髅　只有在黑暗中
飞向黑暗的乌鸦

2017 年 10 月 25 日

雪 人

我不会有传奇的身世

我父亲是小官员　我母亲是教师

我梦想的是上学　毕业　工作

结婚　生子　自行车靠在楼梯口

我只要像外婆那样　有口柚木棺材

埋在故乡的青山　我不会有传奇的身世

日日夜夜　积累着智慧　磨炼着手艺

我只想在冬天堆出个雪人

2019 年

这个夜晚我需要那棵树的名字

这个夜晚我需要那棵树的名字
这首诗还差着一个名词　从前见过
写在植物园的牌子上　女贞　像教授
那样扶正眼镜　我瞟一眼　断定它
不过是一截即将定型的庸材　在必然
忘记的某日　被送上脚手架　去接洽
自己的榫　就略过不提　上课时　重点
讲的是马尾松　始皇当年登泰山　暴雨
幸遇古松避雨如故　护驾有功　封为
五大夫松　当我在教室渲染时　它煞有
介事地生长　自得其乐　这里架一道枝丫
那边砌几片叶子　鸟儿旁观歌唱　黎明共襄
盛举　以光和水　仿佛它是在造一座寺庙
仿佛某种真理正在其间敞开　它只是努力

名副其实　崇高或朴素　茂盛或简洁　沿
着某条隐秘之路去皈依它自己的形而上学
这个夜晚我的诗篇需要一棵树的名字　再也
想不起来了　返景入深林　复照青苔上

2017年7月10日

一棵树在高原上发光

一棵树在高原上发光
等待着　它从未被爱过
从未在古老的谣曲中传诵

2016年2月11日

某橡树

当我们上课时　它逃走了
那根细铁丝被长粗了的肩头挣断
掉下来　就像曼德拉获释时的手铐
从前园丁用它绑过块小牌子
标明这是一棵　橡树
仿佛这是它值得表扬的　罪状
读过一遍就忘了　那时候它真矮
小便浇到它　灰茸茸的小耳朵就晃个不停
越长越粗　一直在原地踏步
它的脚步从不偏移它的地牢
不背叛它的原罪　满足于走投无路
它不是积极分子　自己围困着自己
耽误自己　从不滋事生非　迎风招摇
跟着叽叽喳喳的乌鸦研究黑暗

饮水　收集落叶　它喜欢笨重的舞蹈
总是在接纳丑陋　愚钝　只导致失败的琐碎
它在学习着一种复杂的残疾　用它的天赐之材
危机四伏的金字塔　阻碍着美的视野
傲慢的阴影永远向着消极扩展
直到世界再也看不见它的肋骨　真理筑成
我们无从命名　只有将木字旁去掉
叫它大象　是的　它正在黄昏的高原上移动
风暴在它后面犹豫

2015年4月7日作
2015年12月改

造　物

从前　盲人博尔赫斯说　迦太基在下雨
斩钉截铁　那时他坐在黑暗的家具中
这句话是一个事实　不可更改　就像石头
只能开采　搬运　切割　确凿　建造另一事物

2019 年

理解深邃

我们住在高原之上
许多人从未见过大海
通过河流　湖泊和星夜
我们日复一日领会着世界之深
有时候我们在高山之巅唱那支歌
《深深的海洋》有时候是一口井
有一天路过　我叔叔忽然自言自语
吴玉珍就是从这里跳下去的
一九六六年九月五日　下午两点半
穿一条湖蓝色的裙子
她是谁？我叔叔没有回答
至死也没给出答案
这也是在我们这片高原上
理解深和邃的途径

2017年2月6日

种树者呵　你得小心

看哪　家门口那棵杜英树长成了一座庙宇
可没想到　多年前拖着小苗来　只是种下
并不想要它成材　像那些收费昂贵的学校
在自家门口种棵树　不是很自然的事吗
挖坑　浇水　培土　然后让雨或闪电
去接管吧　长成什么是什么　天知道　我仅
种下　就长出了一个宇宙　伟岸　庄严　高迈
密实　肥沃　幽深　梁柱搭起　尖塔高耸　新的
岸　鸟儿来朝　神明若隐　我并不具备这些知识
仅利用过一把锄头　一只水桶　牢记先人规矩
动土前　翻开黄历　算出好日子　从未料到事情如此
堂奥　不经意的小游戏　被如此地精耕细作
如此地大用外腓　真体内充　这等构思　这等匠心
这等手艺　这等做工　是哪个　一直背着我作业

哦　这可是一座风铃闪闪的大庙　居然与我的陋室
只有一步之遥　我可以走到树叶下面　获得
荫庇　接受恩赐　超凡入圣　也将隐逸　在暮年
从前任它自生自灭　现在要像主人那样　因下属
茂盛于自己而嫉妒　砍掉它　我可不敢　伟大的
越位　令我原形毕露　令我敬畏　感恩戴德
再不敢自以为是　种树者呵　你得小心

2016年1月8日

赦　免

玉米亮了　羊群更活跃
石榴园初显黯淡　谷仓敞开大门
橡木酒桶闪着光辉　天空高蓝
马车昂首跑向田野　蚂蚱在飞
河流退去　石头出现在深渊
落叶滚滚　手拉手走回大地
一切都朝终点涌去　如果你还在路上
你也要加入　如果你还没有镰刀
你去向落日讨一把　如果你还没有头发
风会抓住你的头顶　无论谁都可以收割
无论谁都会收获　收获粮食　收获忧伤
收获死亡　这是秋天　盛大慈悲的秋天
以德报怨　神已经赦免了贫乏

2016 年 10 月 11 日

漫 游

爬上那道红土坡　在辉煌的杧果园上面
一片旧高原突然展开　像秋天的机场那样辽阔
蔓草如刺　石砾黯然　似乎刚刚夷为平芜
看不见推土机　尸体般孤独　仿佛这是我
擅自授权的保留地　我自己秘密统治着的荒凉
垂着巨乳的女娲还在补天　我是第一个野兽
唯一的野兽　最后的野兽

2017年2月17日在云南永仁

朝 向

种下　是要它为我而开　虔诚　信任
忠实　遵循程序　就像在一所寺院上供
一整个夏天卷起袖子　弯下腰为它修枝
浇水　侍君如父　这个早晨开了　朝着邻居家
那个陌生人　毗邻三年从未交谈　花繁叶茂
紫色犹大　每一朵都向着他人　只看得见它的
后脑勺　就像多年前站在迎接首领的队伍里
个子矮　还是最后一排　有点儿懊恼　忽略了
大地自有大地的方向　此地背阴　谁又能准确地
计算？　种瓜未必得瓜　弃主求荣原来是　道法
自然　有点儿尴尬　邻居也在看这些花朵
朝我这边投来微笑　他有些腼腆　尽量将感恩
仅针对蔷薇

2016 年 8 月

容　器

承蒙容器恩准　步他人后尘
我也造就了一片大海
以介词和沉重如潜水艇的实词
我的纸教堂里鲸鱼的颅和句子在沉睡
我虚构了新的深度　相应的浩瀚与肥厚
相应的苍茫　面对黑暗的天幕
我在猎户座和半人马座之间虚构了另一个崇高
我获奖　在万物的见证下领取圣杯
此刻　那道波浪衔来的白线在太平洋的边界上跪着
那诱惑着下一个越境者的花边　那造物主的漏斗
我的手指和大海一样　握不住流沙

2015 年 5 月 27 日

农　夫

他穿着一件白衬衣　扣子因为出汗
解开了　有时候风让它飘起来
他背对玉米地　朝北方挖着一道壕沟
新鲜的红土有一股腥味　他秘密地
嗅着空气　就像一头偶然闯入荒原的
老虎　他的力量相当　他要在雨季之前
挖好　以防洪水冲毁他的土豆和荞麦
一锄比一锄重　土坯埋着他的脚令他
难以自拔　他过着一种深刻的生活
他用草帽盖着脸躺在田埂上小憩的样子
就像失踪的神

2020 年 7 月 18 日

弃　物

我不常到此　仿佛死者垂下的手　你不能再握
堆着弃物　旧盒子　过期杂志　二十年前的布娃娃
外祖母的黑箱子　有些东西我们永远不敢遗弃
含义不明　下不定决心　留给下一代中的冒失鬼去扔
他们也不敢　于是留下来　成为一个禁区　在楼梯下面
在从前某人的小房间　屋后　阳光不管的一角
发现了一棵小树　在黄昏　已经长到膝盖高　哪儿来的种子
从旧相册里　那位怀孕的褪色妇女？　叫不出名字
还有什么没有种下？　绿茸茸的鬈发上满是小耳朵
在向我炫耀着年轻　生机勃勃和幽暗的青春——
我不常来此　那台旧钢琴喑哑多年　会弹的人走开时
忘记了合上盖子

2018 年

谈　话

几个中年人再次坐在一起
这把年纪　可以谈些事了
再次一人一杯　再次肝胆相照
不谈大事又谈什么（这令我们忧郁而勇敢）
不谈"你的尿酸是多少"又谈什么　不谈高血压
和那件新衣又谈什么　不谈"他儿子
在英国读博士"又谈什么　不谈这次会议
的座次安排又谈什么　不谈那些男女关系
又谈什么　不谈吃喝玩乐又谈什么　还可以谈什么
我们永不沉默永不谈论白云　它就在我们头上
过云南的　一大群　一会儿就不见了

2020 年

日日夜夜谈论云南

我们住在这里　生下了小孩
我们日日夜夜谈论着云南
在高原上谈论湖泊　在春天中谈论梨花
在冬天谈论雪　在秋天谈论云
在风暴中谈论孔雀　在大象中谈论牙齿
我们谈论喇嘛　谈论石头　谈论土豆
谈论翡翠和黄金　斑铜　我们谈论老鹰
乌鸦　剑麻　麻布和苍山十九峰
就像孔子　我们在峡谷中谈论河流
就像康德　我们在西山顶谈论星空
我们谈论一盏灯　一辆马车　一袋荞子
在昆明的酒吧长谈四个小时　小粒咖啡
民歌　西双版纳的佤族女子　水田　竹筒
我们日日夜夜饶舌　谈论着亲爱的云南

谈论那些凸凸凹凹的山冈　寨子　狗　树林
大路和小道　我们谈论祖先　布匹和雨季
当我们停止谈论　回到黑暗中　我们睡在这里

2018 年

云南点名

向不朽的质量致敬　苏轼说　知者创物
能者述焉　明月登堂　照亮云南　摊开了大地的
点名簿　永恒的大地政治　不是指鹿为马的游戏
一行连着一行　西北　东南　北回归线附近
梅里雪山之巅　横断山脉两侧　白要贡献雪
咸要贡献盐巴　南方要贡献森林　西部要
贡献高山　东方要贡献小麦　北方要贡献冬天
腾冲那块要贡献翡翠　马龙地面要贡献土豆
纸产于昆明　铜来自东川　黑暗要贡献乌鸦
万物呵　是否还在履职？　柏树要长高　响尾蛇
不要唱歌　石头不要说话　熊要冬眠　杧果
要跟着黄金　麋鹿要走向晚年　澜沧江　在
红河　在　大理州　在　建水城　在　南诏王
在　大理石　在　藕　在　喜鹊　在　梅花

在呢　燃灯寺　在　华宁窑　烧着呢　井……
填掉了　水倒在呢　高黎贡　在　麻栗坡　在
卡瓦格博　在　滇池……把那些推土机挪开
把那些管子拔掉　我在呢！抚仙湖　在呢
玉溪　喏　普洱茶　在　床　稳着呢　宜良米
在呢　大象　喏　丘北辣椒　在呢　木匠　在呢
瓦　在呢　泸沽湖　到　西双版纳　在呢在呢
楚雄　在　藏族的……阿布思南　鲁若迪基　有
哥布　哎　傈僳族的阿达叶　嗯　刘昆生　嗯
宝珠梨　嗯　火把节　在　核桃　原在　石榴
原在　玛多　在呢　刚刚产下一个　男的　怒江
喏　喜洲　在　马过河　在　翡翠　原在　摩梭
在　老鹰　耳背的黑颈鹤听错了　也跟着答应
老黑山　在　鲁甸　在呢　狼　诺　黑颈鹤
在　豹子　在　蛇　在　茭白　韭黄　桃红
湖绿　天青　枫红　玉兰　在！点苍山……
歌舞团的首席男高音站起来　张嘴就唱　闷的！
（云南话——别叫）　莫乱　让它自己说　在呢！
群峰在黑暗里沉默着　缅茨姆峰的冰川亮了一下

光指着东竹林寺的金顶　算是回答　信仰的
种地呢　做工呢　盖房子呢　煮饭呢　收费的
写诗的　喏——喏——喏——喏——喏——　某某　某某
某某某　某某　报告狱长　到！　初中生于果
睡在妈妈的臂弯里　梦见一朵茶花叫他　哎
开了　高的高着　矮的矮着　飞的飞着　厚的
厚着　薄的　薄着　流的　流着　睡的　睡着
醒的　醒着　玩的　玩着　做的　做着　在呢
都在呢　都在呢　月光退位　除夕夜　气象局的
天气预报又错了　寒流自北向南　云南到齐了
万籁俱寂　高原白茫茫　放心　又是好年成
外祖母在青山中说

2016 年

珠江源

我去过　距曲靖市区八十公里
吉普车的后轮糊满红泥巴
被迫停在荒原边上　无人带路
只能跟着流水的声音步行
它指出一条无法畅达的路
翻越巨石　被烂泥咬住鞋跟
荆棘举着刀晃过左颊　迷途知返时
一滴水珠子从岩石缝里掉出来
这就是珠江的源头
古人刻在石壁的真书足以证实
仿佛囚犯刚刚钻出监牢的光脑袋
荒凉　野蛮　贫乏　命令我赞美
它自己想象出自己的洪流
想象出涓涓　滚滚　滔滔　浩浩　荡荡

想象出平原上的三角洲　想象出大米和海阔天空
并实现在将来　但这样开始也过于简陋
架空了我从《辞源》上学来的那些比喻
散落于干涸沼泽中的石头在发白开裂
仿佛埋怨上帝不该把它们指派到这个小地方
这源头我曾马马虎虎地写过草稿
大约二十年前　失踪了　记不得修改后发表在何处
去年它出现在澳大利亚　被某人译成了英语

2014 年

鳄　梦

它爬过夜晚的岸来到我梦中
停在我的沼泽地带　即将绞碎我的深渊
不知道这只长尾的坦克是怎么开进来的
写生容易　描述一个梦就得扯谎
黑夜漫长　我得慢慢对付　修改　涂抹
我驯服过那么多野心勃勃的诗　用写字的手
我取下它昏昏欲睡的履带　换上拖鞋
既然闯入我的封地　魔头　你就要学习退却
你的笨重会轻灵　你的确定会混沌
你的脚印会荒凉　你的楷书会长出甲骨
吐掉你腹中的推土机　飞翔吧　鳄
我在午夜三点　掰开了黑暗之喉
别来那一套　什么语词抵达处　意义溜走
我已经捉住了这无常的实体　长的　圆的

坚硬的　癞的　就像那些掌握了魔术的拆迁者
原始的苦瓜壳下面　藏着一堆撬棍
它竟然悲伤　谁的眼泪？
我已经掐住那根证据确凿的脊椎——
打开你的蛋！让你的白垩纪走出来投诚
交代吧　你的龙是谁？我看见它的舌头长出蹼
从思想的这一侧去往那一侧　缓缓地　恋恋不舍
从残暴回到善良　从自大回到谦卑　黎明时我束手无措
窗帘上闪烁着白昼之光　邻居的车子在发动
工地上灰尘滚滚　盐在尖叫
我不知道如何将我塑造的这个生物放回现实

2015 年 3 月 17 日

萨 荣

在这里山是非常陡的
河流是非常深的
乌鸦是非常黑的
老鹰是非常高的
积雪是非常白的
冰川是非常冷的
水是透明的　天空是苍老的
在这里一切都清楚明白
白天就是白天　黑夜就是黑夜
这里的黑暗是不做坏事的
坏蛋和石头一望而知
从来没有过坏蛋只有石头
只有白色的石头　黄色的石头
黑色的石头　绿色的石头

红色的石头和蓝色的石头

只有父与子　母与子　男人和女人

只有花朵　只有黎明　只有落日

因此这里日日夜夜盼着传说中的坏蛋到来

渴望着毁灭　堕落　渴望着天翻地覆

但现在他们要去种土豆和荞麦　要去采蜜

要去汲水　这些事持续了无数代人

如果不出意外的话他们会继续挖那些

深浅不一的坑　让黄金和爱情生长

从前有八个仙人经过这里　他们留下来

学习种地　唱歌　做爱　在秋天跟着收获

这是一个彼此相爱的地方　世世代代

屋顶上覆盖着灰

2020 年 6 月 27 日

狮子或陶罐

一头狮子被工匠带出丛林
它的真身已死
师傅的骨头也埋在泥巴中
它独自穿越时间
不是由于血统
而是那手艺之美
那材料之坚
可以放归荒野而不灭
它比它的家族更强大
吃掉一切　包括那位
鬃毛招展的百兽之王
那害怕　那残忍　那恐怖
那狩猎时逼向河马的威风
它不再为宇宙困扰　统治

踩蹦　指使　安静如
云南华宁县的一只陶罐
搁在大觉寺的一角
里面没有盛水
狮子或陶罐
黑暗里有一层
月光般细灰

2020年6月26日

波斯大军

从伊朗商人那里买回一只钵
纯银打造　世代相传的手艺
凿痕如淤泥　叮叮当当
银光闪闪　图案是一支队伍
在行进　握着戟　抬着盾牌
戴着头盔　车辚辚　马萧萧
居鲁士大帝的战士　威武
坚定不移　环绕着一钵水果
四个黄梨　三个红石榴
一串灰溜溜的马奶子葡萄

2016 年 6 月 19 日

2017年在印度一处海岸

大海响着　巨大的喉咙

放出千万头饥饿之狮

没来由地愤怒　破罐子破摔

沙滩上碎片飞溅

海鸥扔下雪白的肉卷着铺盖逃走

发疯的带鱼缠绕着黑暗的悬崖

这疯婆子摧毁了世界婚姻　我不怕它

我赤脚走在它的法律外　那可怕的岸一碰到

水就逃开去　我欺负它被宇宙关在它的刑期里

我做着鬼脸　朝这野兽的笼子　那些无法越位的盐

扔着石子　群牙气急败坏　徒劳地撕咬着广场

我独自走在秋天的海岸　像一位孤家寡人

2019年

秋　天
——为凡·高而作

这个夏季来了多少云哪
军团轰隆隆开过　西线无战事
都是凡·高二世画的　那些卷羽毛的
云哦　那些挺着乳房的云哦　那些
弄乱了大床的云哦　那些藏着乌鸦的
云哦　那些垂头丧气的云哦　拿撒勒人的
后裔小跑着　将肥胖的和强壮的分开
强壮的分派给闪电　肥胖的堆在屋顶
它们一朵朵都找到了归宿　我爱的那人
已在路上　天高　风大　秋天来到了
蔚蓝色的教堂高踞在神的深蓝里
下面是伟大的田野　神啊
你的辽阔真美　足以安放感激

2016 年 9 月 25 日

主宰落日

此番带回一只陶罐

不知道以前盛过什么

泉水　泔水　眼泪　雨

孔雀王朝的圆？瘟疫？

漏掉了　被新德里的厨房抛弃

就要跟着水　重返无形的泥土

被我捡来　置于客厅一隅　略低于我

高于其他东西　我因此

显露了暗藏着的统治者天赋

主宰一只陶罐　不是它早已失踪的用途

是这个略扁的浑圆　这表面的裂纹

这暗红色　这恒河平原
灰尘中的落日

2016 年

转 世

我终于在花园里写诗　就像托马斯那样
我曾见他俯在苹果树下面
一面喝着葡萄酒　一面记下鸟的拼音
大海的拼音　麋鹿和橡树的拼音
这并不容易　我问青山中的祖母　她记性好
那朵花叫什么名儿　那口井是甜的还是咸的？
我穿过许多广场　车间　废墟和图书馆
勉强来到这儿　那些被放逐在白日梦里的花朵
已经萎靡不振　胆怯　卑微　言不由衷
我的语词　一个矫揉造作之地　美只是伪善
我还听得见附近　拆迁者的铁撬棍哐当作响
掉在地上的暴戾之声——他们在搅拌水泥
但是谢谢　就是这样　我也能写了
唉　读者　别嘲笑我　都这么次了

还自以为在花园中写诗　是的　是的
我一点也不害臊　我只能在我的语词中开放
当我写下　花园　就像在秘密地转世

2015 年

孔 子

赤足　贫且贱　野合者所生
高大的男子　亚麻布长衫布满深灰
背着包袱　里面裹着竹简和干粮
深邃的读者　命名　沉思天的意蕴
"语汝耳之所未闻"　漫游　涉水
翻越暮春山峰　踟蹰于大地
带着学生在溪流上沐浴　逝者如斯
谆谆告诫晚辈　温故知新　后退者不耻
下问　光明健壮的肉身之神　风乎舞雩
咏而归　有时候上了大道　有时沿着小径
迷路　向种地者问津　在陈国差点饿死
从者皆病　"愈慷慨讲诵　弦歌不衰"
说出善的知识　长于步行　也会骑马
射箭　陬邑的大力士　"举国门之关

而不肯以力闻" 野蛮时代的文雅大师
为荒原指出方向 世界剑拔弩张 弱肉强食
主张"不学诗 无以言" 依于仁 文质
彬彬 令暴力自惭形秽 苛政猛于虎 那边
有一个乱世 他裂帛前往 讷于言的苏格拉底
君主降辇前来问政 博爱 德行 子曰 要有
礼 就有了礼 他从未提到光 一代代黑铁
武士 纷纷投诚 国家在惭愧中放下剑 洗耳
恭听 臣臣 向往着文王 伟大的编辑
于明月之夜审定诗篇 击磬 论语 目光穿越
苍茫 斐然成章 绝笔于获麟 黄金时代的
衡器 圭臬 安在餐桌上的指南针 食不
厌精 总是把肉切得方方正正 挺身而出
学习 赞美 歌颂 批判 沟通 肯定
转动时间之轮 天不生仲尼 万古如长夜
滔滔天下视他为另类 瞻之在前 忽焉在后
每一时刻都在敌视他 误解他 诋毁他
放逐他 追随他 皈依他 有时他想逃跑
乘桴去海 九死一生 从未离弃终古之所居

再次适卫　维天之命　於穆不已　头顶的山丘
环绕着一圈异见者的光环　诲人不倦　三千年
哲人不萎　择邻而居　家族世居曲阜　他从未
去过伯利恒　父亲的灵柩是一块无名岩石
挨着泰山　辞达而已矣

2019年

周　颂

皇帝退位　高踞洪荒
群峰之上没有冬天
下面展开着伟大的土地
灼灼其华　祖国之巅永远守护光明
照亮过黄金时代　也被黑暗流放
河流深切在高原内部
从泥土到青花瓷　道法自然
人民自古相信大地是不朽的老师
玉石层出不穷　黄河浑浊时
长江泛着清朗之光　文章地久天长
赞美这明月下的河山　改朝换代
汉大驰骏马　唐兴飘丽人
宋盛出水井　民国多书生
高僧大德守护着青山翠谷
洗衣妇生下好儿郎　帝王

历来重视中原地带　肥沃或贫瘠　居敬
北方美　南方美　西方美　东方也美
高原上种着土豆　平原上长着麦子
大象走在边境　绅士造福社稷桑梓
不学诗　无以言　吾从周　生生之谓易
百姓安身立命　与世无争　止于至善
中国人将此地视为天赐之邦
对暴戾逆来顺受　并非妥协
师法造化　宽容一切　於穆不已
乌云是一种过眼云烟　废墟中
青铜色的农夫背着种子重返黎明
无就是永恒　和才是秩序
诗人仗剑漫游　先人的教诲在午夜流传
诸神隐匿时　李白举着美酒月光
哦　祖国　安息我身的大陆　灵魂的永岸
当落日越过冈底斯山脉照亮那幽暗的源头
我埋头于秋天留下的水洼
跟着那些灰色的羚羊饮水

2017 年

祖　国

我怀念你的青天　你的明月
我怀念你的池塘　你田野上的蛙鸣
怀念你的大江　你的群山你的白雪
你平原上的老牛和小路　怀念你的锄头
我怀念那些穿着长衫走进落日的影子
我怀念你黑暗的夜　你的灯
我怀念你的桥和四合院
你绣满梅花的春天和安静的秋日
我怀念你后花园里的石头和柳树
怀念画栋雕梁下那些素面朝天的女子
我怀念你的祖母和庙宇
那些坐在溪流边上的高僧大德
我怀念你的骏马和英雄　怀念你的宝剑
怀念那些伟大的农夫和快乐的匠人

我怀念你的酒　你的笔墨　你的尺规

在这傍晚的高铁车站　未来在检票

怀念着你的鬼魂

我拖着虚无的行李和悲伤的心

2017年2月19日星期日

中原九首

古代

洪水登基　泛滥　拆迁　改道　退位
两岸废墟茫茫　只有碑上的文字和
村头的石碾子依稀可辨　原住民扶老携幼
再次返回故乡　起火　上梁　筑墙　贴门神
打井　铸犁　播种　七月流火　九月授衣
曰杀羔羊　跻彼公堂　称彼兕觥　织布
蒸馍　喂马　养狗　当它们在月光下交配
他们回到黑暗的窑洞里　等着洪水或秋天

2021 年 1 月 20 日

中原

中原　古老的名字　大地的中间
人类活动可追溯到有巢氏时代
黄河中下游地区　河南省　河北省
山西　山东　就在高速公路两侧
肇事的车辆翻倒在隋朝的玉米地里
那些无动于衷的村庄　垂死的仓库
老生常谈的槐树和木讷的落日
那些劳动扬起的灰尘掩埋了繁华
黄昏带来苍茫和朴素　无数空置的
寺庙没入黑暗　有一座华严寺位于太原
最高的平原上　两头石狮子蹲在大门口
守着宝石般的琉璃塔　名字取自《华严经》
"慈悲之华　必结庄严之果"
一句永恒的自言自语　不是风

2020 年 11 月 30 日

咏应县木塔

不朽的黑暗在这儿被困住　意志停止　顶天立地
在一堆木头中凝固起来　无数的方圆　榫卯　斗拱
细节充实着虚无　君临万物　以完成最高使命
乌鸦绕着它飞了千年　前面是野怪黑乱的一千年（付?）
后面还有平白无故的三百年（清?）　谁知道?
影子，熄灭干，同归于善　柱子和灰尘支持着一个
精神之躯　时间从骨头的裂缝溢出　枢纽是干的
据说里面藏着两颗佛牙　日夜咀嚼着那钵饭　在大地
的蒲团上摇摆着　朝向左还是右?　有时它就要倒下
于风云突变的下午又回到中　不是胜利　阴影覆盖着
迷惘的平原　一根火柴就能点燃　一切实在之物都在
默求超度　同归于尽　我不知道自己来这里干什么
也是被肖然不动勾引　一切变化都被它凝固　朝它靠近
白云　星辰　生意　阴谋　婚姻　木匠　梁思成　经典
麦地上苍茫的秋天　玉米　村庄　水井　飘扬在天空下
的棉布　古应州一只只土碗里的小米粥和辽———一位女王

的庄重决定　落成于清宁二年（公元1056）　来自北方
草原的猎户就此鸣金收兵　皈依不灭的形式　朴素拒绝
火焰　"峻极神功"　轻视改朝换代　日夜召唤着风尘
仆仆的出发者　亡命者　正确者　错误者　行李　辎重
独木桥　曲径和康庄大路　地面上爬着那些指望　磕个头
就能招财进宝者　蚂蚁结伴而行　花朵在飞檐之间　无忧
无虑地开放　风铃指出方向　鸡鸣狗盗落荒而逃　光芒
是向内的　趁年迈的仆役没注意（他的偶像禁止抚摸）
将出汗的手纹默默印上去　伟大的材料　请接纳我
改邪归正

2020年11月13日

宋陵石狮

这头狮子强壮狰狞而又温柔
停在夏天的麦地　分娩光明的妇人
守护着平原和丘陵
那不是种族遗传的逗留之地

它的思想更遥远　属于麦穗　星空
商崇拜它　唐崇拜它　宋崇拜它
诗人　祭司　英雄和鲜花崇拜它
陵墓必须永存　君临虚无
要有王者之重　石匠接它来此
跟着光荣的死者　因此发现自己的另一秉性
前所未有　一头狮子站在洛阳的田野间
威仪赫赫　纯洁无瑕　脚下没有脚印
一个意志傲视着短小的时间　为大理石
所委派　那死亡就在它的下面　黑暗　稳当
承诺着一切　它低头对大地的耳朵说
我是你的神庙

2019 年 8 月

巩义　登封

共同的温带季风气候　山脉　田野　聚落　瓦块
风俗和时间　共同的黄河以南　行政无法隔断

地好　什么都扛得住　禹封夏伯于此　周公　刘彻
武则天　舍利子　碑铭　石窟　庙宇　塔林　胜迹
云集的地方呵　慈云寺建于东汉永平七年（公元64年）　"释源
祖庭"　"华夏作寺之始"　天竺高僧摄摩腾、竺法兰创建
少林寺　建于北魏太和十九年（公元495年）　孝文帝在此
安置印度人跋陀尊者　嵩山绵亘两地　有魔鬼白骨和
仙人的松　群峰之下苍茫如海　有人养出了浩然之气
嵩山书院　不朽的读物包括柏树　石头　先后有范仲淹
司马光　程颢　程颐　朱熹来讲课　学生都是地主　阔论
高谈　出口成章　巩义石窟　黑暗的洞穴里　北魏的
凿子和锤都不见了　一个个时代跳着舞逝去　诸神永远
庄严　宋陵　散布在麦地间　重要的不是埋在地下幽暗
无趣的皇帝们　是那些光辉灿烂的石头狮子　大象　骏马
风入四蹄轻　守护着秋收　春耕　工作与时日　公元
712年　杜甫在此地出生　一个山崖下的旧窑洞　七龄
思即壮　开口咏凤凰　四十四岁　当了几天"曹参军"
看守兵器　管理库府钥匙　得闲就寻章摘句　独立苍茫
自咏诗　信心百倍等着千秋万岁名和寂寞　巩义　登封
都是小地方　都喜欢胡辣汤和油饼　有一家开了六十年的
店　味道好极　记不得是在哪里　下雪时我坐在里面吹着

汤面　咬下一口烧饼　椒香满堂　美人忘了浓妆　忽然
看见杜工部进来取根牙签又走出去　捧着保温杯　站在
人行道等公交车　背影就像某个失意的县级公务员　一千
四百年了　还是那么平易近人而神圣　忍不住想和这位
陌生人搭个话　他正挡着盲道　巩义人　他知道不会有荷马
拄着拐杖来　他知道春天中　李白会如约而至　他知道巩义
在北　登封在南　树木很多　华山松　油松　侧柏　麻栎
刺槐　沙兰杨　泡桐　石头和麦穗　水井　砚　笔　书房
不计其数　随便写

2020 年 12 月 17 日

郏县朝苏轼墓

郏县春秋时名夹邑　属楚　战国归韩　秦始
置县　现在是平顶山市管辖　37 个土种　有
褐土　潮土　砂礓黑土　在北温带南部　大陆性
季风气候　四季分明　光照足　雨量充沛　"公
始病　以书属辙曰　即死　葬我……"　先生

去世后埋进这里的一个土丘　中原　麦子围着
位于高速公路下　烂尾楼后方　刚下过一场雨
泥巴又起　大地灰黄　草木萧索　看不见耕者
得势的塑料袋闪着光　在天空下跟着秋风飞飞
"缥缈孤鸿影"　"公之于文　得之于天　呜呼
斯文坠矣　后生安所复仰"　明月夜　短松冈
他的词读了一生　令我多情　自绝于小时代
跟着长短句的流水　随物赋形　穿过贫乏青春
黑暗中年　晚年也不会萧索　"唯江上之清风与
山间之明月　耳得之为声　目遇之成色"　与子
共适　应笑这半鬓华发生于末世　今天过来谢恩
算命的老头坐在小木凳上靠着一棵柏睡着了　打鼾
女售票员盼望着手机响　"平常来的人就少　下雨
更没人了　有啥好玩的　不如去那边"　指了指
像个司机　"报道先生春睡美　道人轻打五更钟"
"我已经写够了这个世界　现在让它来写我吧"
（尼采）　苏洵苏轼苏辙　父子三人葬在一处　随诗
而逝　大神仓颉创造的生计　一切事业都终于倦怠
太祖打入史册　勤政殿拆掉　画栋雕梁一根不剩

只有写字这手艺带来持久的光荣　尊重　"看哪
这人""转朱阁　低绮户　照无眠"　见识记录在案
经得住诸神对簿公堂　子瞻的像藏在一间暖阁里
开门的人说　用泥巴封起来才没毁掉　那是
他吗？夜饮　醒复醉　归来仿佛三更　家童鼻息
雷鸣　敲门不应　倚杖听江声　长恨此身非我有　何时
忘却营营　夜阑风静縠纹平　小舟从此逝　江海寄
余生　好事者画了个演员　那不是我　我没有面目
风景如此奇怪　七百年前的冢　办公室　旅游局下属
单位　守墓的石头人立于两侧　东坡同志事迹陈列处
那些字他没写过　香炉里没有灰　积着冷水　我是
最后一个来上香的？"垂柳下　矮槐前"　何必打伞

2020年2月17日

李双的桃子

李双　长得像桃园三结义某人　方脸　浓眉
河南杞县梁家村人　黄河拆迁后　姓梁的几乎

没有了　多姓李　在城里写诗的公务员　与会
者之一　初次见面　文人相轻　冷冷地　停车
相当老练　郑州一条灰色大街的空处　冷冷地
没有果园　打开后备厢时　偶然瞥见里面搁着
一个筐　冬桃！　从天而降　灰溜溜　好像圆
滚滚的农妇在为怀孕而害羞着　仿佛就要绝种
人间最后几个　"老家人送来的"　我记得桃子
和那首旧诗　"桃之夭夭　有蕡其实　之子于归
宜其家室　桃之夭夭　其叶蓁蓁　之子于归　宜
其家人"　是呵　落地即为尘　何必骨肉亲　讨个
尝尝　递给我两个北方的生硬之物　接过来就咬
肉质冰凉　不像以前吃过的那么水灵　那么温顺
貌似也在愤世嫉俗　担心着失地　更涩　须更用力
更虔诚　仿佛那时候我们回到了那棵古老的树下

2020年1月20日

黄河之兽

这伟大的怪兽又称黄河　当它安静而辽阔时
甚至令好心人想到午睡的祖母　但它还有另一面
当这个夏天　洪流奔下高原　它突然发疯打开巨喉
吐出雄狮　潜龙　权柄　多数逆流　但不是
云　棕黄色的毁灭者　它视文明为荒野
奔跑　坍塌　吞掉一切　庄稼倒下　房子坍塌
汽车漂起来　人类逃走　万物回到茫茫　他们曾
开着推土机前来淘金　现在后悔莫及　跑得慢的
将死于道路　《出埃及记》不是一次　那些导致
灾难的材料　水　沙子　法老和应许之地都是
微不足道的物质　一掌可握一把　由此领会到
宇宙不可测度　那狂暴之力最终会落回河床
似乎它追求不可一世的胜利　也甘于莫名的失败
极端到成为溪流汩汩　常人卷起裤脚就可以横渡
乖顺得就像小学生放学回家推门　看见他母亲
在床上做着针线活　仿佛从未有过那个惊天动地的

夏天　那些如胶似漆的斗争　那蓝色之夜　那些
誓言　这种大地自己的遗忘症令我们总是狂妄
以为赢是容易的　必须的　应该的　我们将再次
受难　摩西只到过以色列　有一年我们去朝拜位于
河畔的炳灵寺　于西秦建弘元年（公元 420 年）
建造的大佛下烧过香　然后开着越野车穿过秋天的
暮晚　这大神躲得老远老远　看不见它的鳞和水
电线杆下面的沼泽地里开着幽暗的芦花

2020 年 6 月 28 日

洛阳

我以为现在提及诸神正当其时　当电梯下降
堕落中的塑料袋在姑姑们的背影中喜气洋洋
光芒刺眼　玻璃窗上滑过节日之脸　他们
不再迷信《论语》　《诗经》　落日和桉树
当他们遗忘了那些已不存在于现实的名

当他们站在灰色的人行道呼叫另一辆出租车
当高铁在漫长的冬天出站驶向伯利恒和纽约
我想提及那些遥远的汉字书　所指隐匿
笔画活着　在幽暗的洛阳那边　楼宇巍峨
"其宫室也　体象乎天地　经纬乎阴阳　据坤灵
之正位　仿太紫之圆方　树中天之华阙
丰冠山之朱堂……"

2022年1月12日

长　城

"齐宣王乘山岭之上　筑长城　东至海　西至
济州　千余里　以备楚"　山岗本自行路难　为何
在此地建造多余工事　下面平原里　槐树
和桑分野田园　边界早已被时间收复　寂静
跟着风景回来　那个伟大的长依然在冥冥中蜿蜒
庸庸碌碌的一日　紫袍尚书汇报日益模糊的工事
还是那陈腐但准确的一句　"气贯长虹"　穿越
千年汉语　已经分不出这个是壕堑垛口泥土石头
砖块　或者闪电　词褪色　句子支离破碎　材料
含义不明　深邃的叙述不会止于篇终　箭矢般的
蔓草代替从未出现的士兵　已经占领烽火台
乌鸦的旌旗集合在云端　晚秋了　芦苇也在歌唱
它们要对抗的不是敌人　是敌人后面更坚固的风
还是天最高　下面是大地的谦卑脊梁　越野车

停在山脚下　我们爬上去　抵达险峻和那些一代代
死去天子商量好的战略　一块惊世骇俗的碑　一座
文字的靠山　古老的结绳记事　大地一遍一遍教
他们数着石头　以防御遗忘?　停工后　凿子
和役夫不知所终　造物主挥舞苍茫之手　独自
整饬着自己的大殿　模仿者的成绩令它嫉妒
从前　军曹在这里瞭望北方时　个个横眉怒目
英俊威武　家眷在防线后面的桃树下绣着桃花扇
孟姜女女儿还是孟姜女　卡夫卡云:"打第一块
基石埋入土中,他们就感到自己已经与工程融为一体"　我
也是　在这废墟中　应征入伍　满面黄沙　妥协
于永恒　当一阵大风卷起乌云　取下白日的帝王头
天昏地暗　悄悄地收敛起创造的野心　吾丧我
大地带走了光荣

2020 年 3 月

但 丁

全新的人　中等身材　略有驼背
步履沉缓　长脸　大眼　宽下巴
下嘴唇突出　发须卷曲　厚密乌黑
一只鹰越过罗马停在暮晚的鼻梁上
表情永远沉郁多思　目光如同葡萄
将自己比作一个婴儿　热切地呢喃着
对乳房的渴望　在写给奇诺·达·
皮斯托亚的十四行诗中　坦承自己
对女孩的情感肇始于　性欲　我晕厥
倒地　如同死去　哦　伦巴第之魂
肤色黝黑　你如此骄傲蔑视一切
你已见证世间所有的善良、欢愉和美德
因万民臣服而伟大的主已将你接纳
身高一米六四或一米六五　足够不必低头

就进入　靠在一幅环绕房屋的带状壁画上
望着那些　"懂得爱情的女人们"
"你不复是各省的主妇　却沉沦为娼妓"
"棺材都敞开着"　让我跟着你坠下　这母狼的异教
这豹之乱世　这狮子的集权　这死亡的不锈钢煎锅
"如果阁下凭超凡之本领得以游历此黑暗之狱"
取得意义　吾亦安然　我的耐克鞋也是39

2019年

注：以上材料来自《全新的但丁》一书以及《神曲》

伊曼努尔·康德

哥尼斯堡最矮的市民

一生都蛰居在他的钟里

精确无误的齿轮　清晨五点开始运转

那时上帝还在做梦　该城空无一人

前马具匠家的男孩　头戴红睡帽

身着黑袍　他要为世界　打造一副鞍子

七点　他背着手去大学上课

注定有一批人要弃家前来

为了听这个小老头谈论天体　将生计耽误

教授敲着讲台　偶尔望望某处

从一物到别一物　好像一头老猩猩

在张望文明　下课　直接返回字母

遇着皇帝和喷泉　也不绕路

一点整　仆人出现在墨水瓶旁　鞠躬：

"先生，汤在桌上。"
学者对音乐和艺术不感兴趣
讨厌婚姻的声音　每天用餐一次
要吃好的　食不厌精
饭后　这个幽灵溜出他的斗室
优雅的散步者　学而不倦　在每个正午
向公爵致敬　让美丽的妇人　吻他的手
他使邻居们用来回家或送终的马路
只适用于审美　每次都是漫步到那个
要塞　于一堆古代的石头前驻足
随即返转　下午　他穿着背心
整理房间　阅读杂志　黄昏后
不点灯　站在窗子边与一座教堂
对视良久　十点　康德关灯睡觉
靠上枕头　住在这个大脑袋里的
十八世纪　才有机会　跟着琢磨点什么

1992 年

注：2019 年 5 月 2 日因希拉里的一个谈话想到更合适的结尾，再改。

狄金森

当风叼着野鹿

聋掉的教堂在等晚钟

她走进太阳　以找到她

是黑暗里的谁　雪豹的新娘

永远一袭白衣　神的护士

那么美　她的对手是金雀花中的女巫

她不见人　影子偶尔在二楼的阳台一闪

只在石头面前露出面目　获得万物认同

总是为自己的孤独困惑　一语中的

射中最多的是同一头野猪

她的情书从未像她的诗那样被寄达

那些短矢押着肉　一支支没入星夜

无人拥戴的神经质皇帝　毒蛇妇

热爱着世界　以诅咒的方式

她的统治从自己出生的房间开始

越过幅员辽阔的黑暗　直到时间尽头

永恒走出大理石卧室　打开黄金之书

2016年10月9日星期日

另一位博尔赫斯

他不是传说中的博尔赫斯　他是
一头走在交叉小径上的豹子　朝着
头脑中的迷宫　为了学会走路　他
逆行　闯红灯　由于口吃被捕　一位
经典的盲人　周身布满老人斑　点击着
每一块石子　命令它们吐出舌头　他经过
博尔赫斯　没有致敬　他转弯　去洗手间
买咖啡豆　选择葡萄酒和亚麻布　看着
橱窗里的二手镜　想象自己正在为一个词
的老骷髅梳着头　他在房间里回到房间
一个一个地抚摸它们　吃掉它们的门　他研究
报税单　靠着椅子练习如何才能真正地闭上
眼睛　他妻子不是玉儿　他举着指头朝黑暗
书写　就像那些中国小孩在书空　踌躇良久

终于决定这个夜晚迦太基　要下一场雨
为他的爱人　他的墙是看不见的　只能
头破血流去触及　他有两副面孔　一根手杖
他的鞋底上沾着布宜诺斯艾利斯的灰尘

2017年10月17日

谢默斯·希尼

我读过希尼　我知道他说过爱尔兰的事
那些暴力　那些死者　那些躺在广场上的
脏西装　那些破碎的苹果　那些凝固在沼泽中
尚未完成的母亲　他本人在故事后面　沉思
是可以走近的　叼着烟　刚刚写毕"恰如
其分的顺序　恰如其分的词句"　再多说一点点
就"揭晓了"　停在那些可恶的句号上　仿佛
畏难　那支笔　一把耽搁在秋天边上的锄头
沾着露　我因此想见他　鼓励他　也见到了他
在哈佛大学的一次演讲会后　我甚至握了他的手
交换了目光　他的嘴巴和舌头近在咫尺　指甲里
还嵌着德里郡的土　那些　真是这个人写的吗
我站在那里　看着这位农家子弟　中学教员

文字劳工　这头白发苍苍的老象　穿过鼓掌者
缓缓地走向门　在栅栏后面消失

2017 年 12 月 30 日

看贾科梅蒂回顾展

多么丑陋　那个捏泥巴的人

终于造出了诸神的模样

博物馆为之倒退回中世纪的一间作坊

某人灵魂上的呕吐物　某人

藏在青铜中的骨骼　某些药物的残渣

看不见美的独眼　弯曲在黑暗深处的脊椎

根就要烧尽　一座只剩四肢的沼泽

当它们迈着残缺之腿跨过街道时

我们停下来　惊愕地吐着舌头

紧握入场券以抵抗孤独的召唤

——那麻风般可怕的神性

我们厌恶地等着怪物们赶快走开

永远消失　哦　从前他是多么美：

这里没有自来水,冬天要用盆烧木炭取暖
即使在桌上放一杯水,我总要把它放在适合的地方

2016 年 7 月

在一架飞机里读毕肖普

二十五岁那年我读毕肖普的诗
她很年轻　刚刚被翻译　举着灯
那时我坐在教室里　窗外开着海棠
老教授正在前来授课的途中
有一棵肥胖的橡树中风了　歪头朝着南方
不明白她要说什么　是不是被译错
为什么接下来　是这一行　"你能嗅到它
正在变成煤气……"　暗自思忖
四十岁时我读毕肖普　在一架飞机中
另一个人翻译的　译笔就像一位婚后的
中年女士　日渐干涸的沼泽　矜持的抽象
她再也不用那些因性别模糊而尖叫　潮湿
战栗　捂住了眼睛的单词　译得相当卫生
卫生被理解为士兵们折叠起来的床单而不是

亚麻色头发上的束带散开后　迅速翻滚的黑暗之海
这本书已经被岩石编目　硬得就像奶酪或者糖
与我邻座的是两位要去波士顿旅行的老夫妻
他们慈祥并喜欢微笑　帮我扯出安全带
在一旁瞧我怎么看书　盯着我那些猩猩般的指头
翻到这页　又返回前一页　等着我勾出：
"需要记住的九句话"　我将六十八页那只矶鹬折了
两遍　自以为就此折起了大海的翅膀　只得到
一条浅浅的波浪　老头甚至劳手
帮我按了一下阅读灯的按钮

2015年5月25日

听画肉者弗朗西斯·培根论画

要为一件灰色的衣物选择
颜料　还有比灰尘更好的东西吗?
住在伦敦的矮个子屠夫　向他们解释说
只是弯腰在画室地板上伸出食指
钩起一块破布　"在满是灰尘的颜料中
浸了浸"　就涂在了画布上　美术学院的脸顿时
苍白　用的是荷尔拜因牌水粉　他们很肯定
"只是要承认自己那些寄寓在头脑中的
承认自身本来的样子　只处理上心的
记挂的主题"　"装饰多么可怕啊!"
下巴光洁的教室　乌鸦的羽毛在为黑暗
磨着一把把亮铮铮的剃刀　教皇英诺森
十世打呵欠怎么画　老师是不教的
从未在一所艺术学校中学过　脚旁

堆满书籍文件啤酒台灯镜子　备好了
咖啡鹅肝酱和猪下水　这样的材料
多的是　最喜欢埃及和意大利
敏感的阳器此刻正裸泳于悲伤的屠宰场
失去标签的肉酱乘机拔腿走掉
逃出了抽象的超市　一只鹿
回到了它的马　一块肉加入另一块肉
男人生出了女人　坦克的铁花瓶里
绽开着金雀花　同性恋者的烙铁冒着烟
扭打在沙滩骨骼腋窝星星橡树眼仁
胸毛乳房体液脂肪海水……的大卧室之间
即便人们说那儿就像百老汇　食肉者
弗朗西斯·培根　穿着神的睡衣
去洗手间待了一会儿　回来继续画
抠去手指上的白颜料　现在他要把那块
激动不安的烤肉　固定在一种浅灰色里

2018 年 8 月 26 日

杜尚与大理石

——致德安和朵多

"在你遇到它们之前就已存在的"　"这个现成品
是一个小鸟笼做的　里面不是一只鸟　而是看起来
像方糖的方块"　杜尚在纽约说　他不知道大理石
上帝扔在云南大理地区的石头　一个巨大鸟笼里的
白色立方　囤积在苍山高处　它的意图不是反传统
道法自然　有时候画一场闪电　为转瞬即逝的贼
留下脚印　有时候是花鸟小品　有时候是巨著
"两宫铺地"　有时候是谋杀未遂的现场　珊瑚红
有一回我看见它取出一幅山水　米芾自叹不如
"当你拿来一个东西　如果它不是用那些技术工具
制作的　你就不知道是否应该把它当成一件艺术品了
这就是讽刺之处"　年轻时我不晓事　误入神的仓库
采石场海拔 3000 米　被雷管炸开　壁画倒下来
露出藏在横截面中的"互惠现成品"　"艺术应该

是短暂的"　不包括这位隐居在点苍山中的作者
"所有东西都必须是首创的"　杜尚对记者谈过他的
大玻璃系列　在卡车厢颠簸了六十英里后　出现了
奇怪的裂纹　艺术家为一位看不见的天才震惊　鬼斧
神工　几百年来都在"三月街"出售　版税养活
一代又一代白族人　无人觉得这是一件奇怪的事
文人在屏面上题字："江山多娇"　没这么简单吧
"十月　诏下云南大理采石　求之实难　供役者
十死六七"　另一次在苏州　我看见它被供奉在
庙宇中　"我不介意做一个非艺术家"　"有人说
接到《大玻璃》被打碎的通知时　你的反应十分冷淡"
老杜　您说得太多了　天何言哉　天何言哉　石头
大师从未接受过采访　也不去博物馆　挂在家里
清代的老坑石更贵　一副难求　一种重结晶的
石灰岩　主要成分是 $CaCO_3$

2020 年 5 月 8 日

注：十年前与德安、摄影家朵多在纽约大都会博物馆看杜尚并留影。

斯蒂文斯

1

中心只剩下物质
只剩下歌颂玻璃的教科书
最后一袋水泥获得纪念碑地位
不是为旧美学添砖加瓦
他害怕自己的畸形也被矫正
他不歌颂诗人普遍欢呼的未来
他像截肢者那样思考
折叠好世界的残疾

2

他站在保险公司的档案柜前
观看从前那些站在天空的表格里
填写乌鸦一词的乌鸦
他不记得它们有过羽毛
河流在第一卷穿越冬天
记录员曾这样记下
暖气管里黑暗在发热

3

他在自己的词典里翻箱倒柜
总是有几件衣服没穿
合适的时刻从未到来
他总是在出门前烦恼
应该配黑皮鞋或者红皮鞋

但是他坚决地选择了口红
这是他喜欢的活计
学习班在夏天的讨论会上批判太阳
男孩举着广告牌在冰激凌上奔跑
为了一只按时迟到的怀表

4

时针从八点走向七点
看不见送水的马车
一阵雷在陶罐深处响起
大师握着粉笔来到教室
一笔一画　他放开绳子
要汲取黑板中的墨水
图书馆长认为他南辕北辙
准备了色泽稍次的咖啡
重返田纳西荒野
需要的是雾而不是道路

5

喜欢他的秘密但拒绝他的生活
我不想秃顶也不想做数学题
可怜他是一个戴眼镜的胖子
当他在灰色的窗帘下散步
那些空着的座位上有人在扮鬼脸

2014年

论卢西安·弗洛伊德

他的领土斜靠着那具木头架子　以便巡视　鸟瞰
那是块无限蔚蓝的布　此刻只准备统治两米乘一米
《沉睡的救济金管理员》(1995)　画的是51岁
的休·蒂利　来自伦敦　体重127公斤　"我不是
完美的女孩，但谁会是？"　每当这位国王君临
"就有了光"　掏出一双神秘的　造物的手　拾起
干翘翘的猪鬃刷子　文绉绉的画家　有点像那位约克
郡屠夫　"开膛手杰克"　用来护身的围裙过去
是雪白的　现在洗不干净了　像是战场上的裹尸布
他痛恨大不列颠普遍的洁癖　盯着那具失去了面子
被时间磨腻的旧皮囊　那位躺在丝绒沙发上的人物
简直就是一具生不如死的猪　他不是　他是被艺术
解放的正人君子　行尸走肉　模特儿马丁·盖福特
先生　即将放浪形骸　四肢不能动　头自始至终

保持一个特定的头　他站着　圣洁地涂抹着那根
亚麻色器官　让它横　让它直　让它紧张　让它
结实　让它青筋毕露　让它浓稠　润滑　稀释
耷拉　失去必然性　强硬与孤独　令它再生　回到
乐趣　得在那些死肖像里填多少笔？　那些丧心
病狂的厚涂　胡作非为的堆砌　裁缝般地拼凑
泥巴一样稠　修改了亚当和夏娃的畸形　上帝的
案板上只剩一堆新鲜肉　譬如那具身子　仍然可叫
身子　但材料已经不是了　"怎么能画出这个呢？"
这是对面具的谋杀　他在暗示那些声名狼藉的断头
台吗？　这位纨绔子弟的蓝围巾是左翼的吗？　资产
阶级觉得惨不忍睹　成功和壮实被一种可怕的美肢解
这双手不会说谎　听王室人员说明来意后　头也没抬
地说："我正忙着，如果女王实在想叫我画，就请她
过来，抽空给她画一张。"　风景在这边是看不见的
必须用他指定的框　那种中风的姿势　那种废墟般的
愚蠢　狼狈　臃肿　窝囊　疙瘩　皮疹　干燥后
会皲裂　一一迸开　开天辟地　此地空洞无物　终于
在病态中　好人们认出了自己　本来就是这样的　一堆

猩红 一生痛恨武力 这一笔 那一抹 抚摸着 想象着这些疤痕曾如何受难 越过那块大地般的调色盘大师征服过象牙黑 铅白 生褐 土黄 英国红 绿范戴克棕 这不是颜料 他主张灰 他的深蓝是不能讨价还价的 在阴冷的天气里走过去 又退回来 这头被捕多年 知道自己早已走投无路的大象 一日复一日 在世界的海滩上搬运着难看的沙 无聊得要死 沉思突然完成 "跨到画布跟前 然后退回来看看我" 断断续续的声音:"轻点,不,不,不""这是错的" 某天下午,他告诉我:"我并不恐惧死亡 我的一生过得很美好。" 在黎明中抱着一条鳗鱼

2020年12月24日

科　恩

伟大的暧昧刚刚开始
拄着麦克风的火焰站在摇晃如秋水的女郎们一侧
就像一位因口吃而害羞的巫师
西装笔挺嗓子发着炎的乌鸦
它爱的是白色玛丽安和其他女子
"我对那些有助于生存的事物感兴趣"
自由是低调的　压抑的　难听的　困难的
枯竭的　上帝的临终之言　其音色如下
喜马拉雅大殿未被信仰改造过的幽灵
喉结下的密纹唱片涌出非法法也
黑暗之痰在沙漠写着新的　哆嗦的签名
思之步穿过野兽之围观　石头的布鲁斯
遗失在去往故乡途中的圆号
第九拍　小巷　水井　深渊之宅　裂纹

祖母派苍老的蝙蝠带来神圣请求　　回家吃饭吧
小男孩　　她喜欢在墓地里唠叨
怀着对死亡的好感　　他遇到一个西班牙人
"我一无所知……但他教的那六个和弦
那些节奏　　成了我日后所有歌曲　　音乐的基础"
"世界在台下听着　　长老们停止了祈祷　　稍后
我觉得我浑身已经湿透了"　　当推土机朝着每天鞠躬
我想成为这样的诅咒　　这样的老吉他
被一只手搁在吧台后面的空酒瓶旁
"经历着深深的疲惫……"
一段呓语死于月夜　　照亮黑暗

2020 年 12 月 30 日

注：引号内为科恩的话

屠　夫

星期天的西宁城有个年轻屠夫
遵循祖先的办法　放血　拔毛　开膛破肚
宰好的鸡　一只只陈列在案板上
光明磊落的刽子手　无罪　日日造福人类
此刻他搭手在门框上张望集市
买鸡的人就要来了　就像这个正午
古老　结实　饱满　自信　展翅欲飞

2019年

王　维

王维当年在辋川写诗　空山不见人
但闻人语响　别业　不是他的　所有权
属于朝廷　当大臣们开会　奉旨而行
决定语言的数量　摩诘记下所见　"明月
松间照　清泉石上流"　卫队认为无伤大雅
随他写去　还有些事他省略了　"禄山陷两都
玄宗出幸　维扈从不及　为贼所得"　目光
别致　与但丁不同　当那位同行看见世上的
一座座地狱　"这里必须根绝一切犹豫　这里
任何怯懦都无济于事"　他在青溪洗受伤的脚
再次说出目睹　"返景入深林　复照青苔上"
甚美！　当我也来到人间　又逢一世　图书馆
在朝霞中燃烧　"报复的上帝啊　你为什么

睡着呢"　　随后我在灰烬里读到《辋川集》
决定继续入世　空山新雨后　天气晚来秋

2020 年 6 月

致胡安·鲁尔弗

我要找的就是此地　这被椰子树影子分开的镇子
这旧单车　这些玩命的穷孩子　这金子阳光
这奶罐　这风铃　这织布机和水井里的星相
是的　有生活之恶　有匪徒扬起的灰声
有个女子抱着水罐趴在阳台上睡觉
旧犁头靠着墙角根　老玉米在晚风里等着干透
中央高原上　铃兰花开着　土豆已经装筐
美总是扔在没落的家乡　这必然要失恋的正午
披亚麻毯的农夫走出甘蔗地　去河边　再去雨林
也许厨房里有一罐盐　一点胡椒　一张床
也许午夜会有蓝色的曼陀罗　黎明会有黑暗的葡萄酒
哦　胡安·鲁尔弗　你的光　你的忧郁

你的诚实和朴素　你春天里的苏珊娜

而你长眠在这一切之下　令过客永远黯然

2017 年 5 月 1 日

电视机里的雪豹

一头雪豹在屏幕里张望　播音员说它
位于喜马拉雅　恒河源头　雪后
站在平面玻璃后面　一头不存在的豹
存在于不可一世的图像中　遗传的
狰狞花纹　眼窝里亮着两颗灰色钻石
同样狰狞　耳朵竖起　正在谛听着白昼
的动静　摄影师甚至拍到了深喉
血色的舌头突然向内一卷　是肉还是
旗帜？　没看清　心思无法揣测　我
不害怕这种虚构的危险　只是电源系统
接收系统　声音转制系统　图像信号传输
转化系统　只是声源　接收天线　电源插头
荧光屏和遥控器　不会袭击我　古老的危险
已被永远解除　技术令我强大　终于敢

与那个敌对种族的面具　挨得这么近　甚至
揩拭了它表面的灰　此刻喜马拉雅在下雪
恒河在转弯　我的周围没有雪　没有恒河
只有我和我的21寸电视机和已被空调缴械的
冬天　我对面站着一头雪豹　我不担心生命
安全　只是有点不寒而栗　有点噤若寒蝉
这亘古不会进化的原始反应　我关掉了它

2015年

我无法选择　也不能言语

我必须走过这个广场　那么辽阔
有一个雕塑用右手高举着光辉的沙漠
外祖母以为我不会走路
怎么不经过老桉树后面那口水井
放下桶　舀一瓢先洗干净手
她错了　晚年　她承认自己视力模糊
我继续迷途　写下那些可恶的文字
我必罪恶累累　我必是一个小刽子手
我不能选择也无法言语　我背着空书包
那把伟大的铅笔刀在转着我　削着我
直到黑暗的铅巴露出来
我不是苹果　不是梨子
我无法选择　也不能言语

2017年10月5日

波音 707

傍晚七点十五分降落昆明机场
这怪物在水泥道上滑行时有点踌躇
竭力要记起前世那只瘸腿的秃鹫

2016 年

采石场遗址

山冈自古沉睡
我从未想到可以惊动这些巨枕
造物主的原著　句号谁能更改？
暴殄天物而不知　几包炸药
也有创世的威力　开天辟地的一日
神殿自黑暗蹦出　太阳黑了几秒
戴手套的苦力们　躲在悬崖下
跟着硝烟发抖

被迫的欣欣向荣　仿佛自取其辱的供品
储藏圣饼的柱廊失去了穹顶
大理石白花花垮塌在滑坡上
小石砾密集在骚乱出口　肠子滚下
颅液形成泥石流　马尾松只剩下裤脚

老鹰一脚踏空　从天上摔下来

翅膀上插着迷惘的箭　不信了

重创　以为新世界会拔地而起

不过是这些　骨折　粉碎　崩溃

流离失所　古老的风景

成为外科的物业管理　一个忧郁的战后

在此我遇到另一位拿撒勒人

在死教堂的遗物之间　一块超群绝伦的裸石

被绷带般的钢丝索捆着　苔藓爬到面具上

正回首丘壑　望着他的出生地

万事皆涉神圣　永恒裂开处　只有俗物

开着卡车将石材运下山去　擦伤了

几处崖　山腰上的工棚倒了一半

行军床上还扔着肇事者的褥子

这些在星空下打牌的雇员　锅没洗

酒瓶撂着　可不是一般人　大器

被几根拇指肢解成小件　惊天动地后

回家了　在喜洲镇讨个媳妇
我不敢置疑他人生计　只是迷信：
江山留胜迹　我辈复登临　水落鱼梁浅
天寒梦泽深　羊公碑尚在　读罢泪沾襟

嶙峋便道尽头　一具废弃的石棺
鹧鸪秘密地叫　某条缝里躲着流水
马鹿已改道　置身在大地敌意的齿轮之间
担心着摇晃　不稳　脚一动　就听见碎渣里
某种残喘在苟延　模仿着妖孽的窸窣之声
创业最初的记忆　如此低级

草重新长　掩盖不了这场作业的乏味
这野心的贫困　这业务的失算
这活计的虚妄　这治理的多余
这遗世独立的狰狞　这失落　这厌倦
哦　人类　你的小聪明怎敌得过混沌
伤心起重机已经失灵　它可以摧枯
拉朽　却对付不了锈　日落后

月光会收拾残局　朦胧掩去峥嵘
下山路　看不见

2017年3月8日

册 封
——写在威斯敏斯特教堂诗人角

或许在另册　每一行都是由"鄙人"开头
虽鄙　但鄙人即我　就是我　不代表其他
象征的侧翼却常常越界　像草原上的鞑靼人
吾丧我　困扰长安　妖言惑众的鄙人们　握着
一卷诗篇　侵入教会领地　言不及义之间　偶尔
也僭越十字架上的布道者　但这些自虐的酒鬼
更亲近世界　有血有肉　哦　传宗接代的情人
不仅在长安巴黎佛罗伦萨　也在贫民窟　小酒馆
于床笫煤窑码头之间　传递福音　魅力超过赞美诗
死亡是一场册封　尘埃归于尘埃　金子归于金子
谁愿意躺在荒地上等野狗来啃？　如何写悉听尊便
一床草席或者陵寝　身不由己　后辈继续坚信
贵重只属于大理石　它比语词更长久　William
华兹华斯　W·B·叶芝　W·H·奥登……铭刻在

南侧的翼廊　庸众拥进来　日复一日地　践踏
攒动的人头都在仰视　导游只记着裹尸布　从未
分清楚过英格兰的黄水仙与威尔士夏天的男孩
"诸位　这是……　（他一直心存芥蒂　职业性地
咕哝了一句）　威斯敏斯特教堂的诗人角。"　一串
汹涌海洋上幽暗的泡沫　仿佛每次晃着小旗子进来
只是为了将这些蒙混过关的骑士　一笔勾销　没
搭腔　习惯白眼　也习惯了灰和粉　在此地　谁还敢
逞能？　细读　哪一行又不是在为"鄙人"忏悔？
鼎鼎大名　一个个都被游客的脏鞋底磨腻了　他们一直
便易　顽固　刻薄　诸位脸皮也够厚的　荆冠上的箔
谁也够不到　可都想沾点便宜的仙气　诗人嘛　也就
这么高　嗯　蹭一蹭　以便迈出那扇抵押着灵魂的巨门
再次拐进 Soho 的红灯区或者哈罗德百货公司的
地毯　也能心安理得　就在附近　也是新教属地
班戈镇的一家咖啡馆　叫作 Kyffin　柜台前挂着高脚杯
摆着小糕点　楼梯角上全是逝者以及这个夜晚的新脚印
平底鞋　高跟　光脚丫（来自沙滩的）　在二楼
我念了 19 首诗　全是"我"开头　鄙人我　来了

看见　说出　我记得……我说的是汉语　临了
有位一直在喝威士忌的男子　矿工或水手　也许错了
中学老师？商人？警察？递过来一张纸条
上面用狗脚字写着 Poets Thomas Moore
Dylan Thomas W. B. Yeats Ulysses James Joyce
册封　用的是跑堂伙计的记账笔　我从黑夜的另一端
越过天空和大海而来　这位天真汉呵　担心鄙人
不知道他家乡的地名

2012 年 10 月 23 日
2013 年 11 月 26 日改于香港

侧　柏

我们挖坑直到天黑
看不清了　摸索着种下最后一株
侧柏 传说它会长寿
自以为是地扶正
用铲子拍实山土　浇水
以保证在我们离开后成材
"树皮入药 种子榨油
供制皂食用或药用"
——引自《百科全书》
最后一道工序完成时
大地看不见了
那时黑夜在我们头上
挖了另一个大坑

掩埋了我们以及

我们种下的一切

2013年6月23日

车过黄庄站

站在农人的阳台上眺望落日下的老树
琢磨着是不是《诗经》所谓桃之夭夭
高速列车从北面入境 扑过不设防的土地
钢铁闪着锯子般的白光 似乎要揪出春分的肇事者
由远而近的蚕食就像逐渐明朗的隐喻
将意义强加给事物 依附于一支射向虚无的飞矢
黄庄萎缩于祖先的掩体 墓碑上显考的讳被远射灯照亮
一张拉长的纸车票 载着它的灰烬和烟 颇有裹挟万物之势
站在大地上的那种人看不见车厢中的那种人
他们的身体跑得比他们的生命更快
这个时刻 仿佛没有人类 世界回到万物中
等待着被造物主重新分配 原野无动于衷
一群芦苇低头让过 将彼纳入混沌
又扑空了一站 苍茫空廓由此而来

震耳欲聋的恐龙终于远遁　桃子们还在颤抖
安静从黑暗里走回来找它的萤火虫
一队野兔在夜色下面落荒而逃
永远失去了长耳朵和钻石眼珠

2012年7月18日

车站谣曲

公司换人路线于是改变
车站尚未使用即被废弃
路上的人们不知内幕
他们习惯性地看见车站就停下来等
抽一支烟卷儿　喝干水　直到天黑才离去
就像古老的流浪者背着袋子
瘸着腿走出这荒凉之城
我听见他们在天空下唱歌
必须信任还会有车站
下一站　另一个站　否则怎么走？
多美的背影呵　在一栋空楼的拐角处消失了
世界骗不了这些快乐的人　他们带着歌声
鸟儿也将这里当作落脚点
它们蹲在生锈的顶棚上拉出漂亮的屎粒

将塑膜踩得叽叽喳喳　它们的站要多些
在那星空下摇晃着的电线是
附近的那棵桉树也是

2015 年 3 月 17 日

厨房巫师

开大火焰　在黑乎乎的锅子里放入材料
倒进水泥　地沟油　鸡蛋　辣椒　煤渣
豆腐　还有青菜　肉糜　少许芥末和钙片
盐巴　糖　不能少了胡椒　加入塑料片
洗衣粉　驴肉　鱼翅　天鹅　海豚　笔记本
拔掉朱鹮的腿　将它的心脏和眼珠扔进去
加入土豆　牛奶　硬盘　鞋垫　硅胶和玻璃
搅拌　翻动　尝尝味道　舌头被烫了一下
倒进洗涤液　番茄　花生酱和汽油
拨小火苗再开大　当火光照亮灶台
雾霾笼罩万物　系好防毒面具
颠锅　当焰火升起　闻见异香扑鼻
我像原始人那样破坏秩序　重组混沌

颠倒黑白　混淆阴阳　食物在进化

达尔文先生会喜欢这顿晚餐

2016 年 10 月 13 日

整个春天

整个春天我都等待着他们来叫我

我想他们会来叫我

整个春天我惴惴不安

谛听着屋外的动静

我听见风走动的声音

我听见花蕾打开的声音

一有异样的响动

我就跳起来打开房门

站在门口久久张望

我想他们会来叫我

母亲觉察我心绪不宁

温柔地望着我

我无法告诉她一些什么

只好接她递我的药片

我想他们来叫我

这是春天　这是晴朗的日子

鸟群衔着天空在窗外涌过

我想他们会来叫我

直到鸟们已经从树上离去

1986 年写
2014 年改

春天　群鸟在树上安装新叶……

春天　群鸟在树上安装新叶
想象着大海　钻到绿色的波浪里
学CD店伙计　在曙光中揩擦莫扎特的鳞
根据另一份施工图　就着原有的树根
架设桥梁　焊接线路　从这一枝跳向那一枝
它们贴在树干上谛听　测量管风琴的音准
你推我搡　拱头拍背　调侃一只傲慢的凤凰
修改雨的线路　改造风暴大堂　教年轻的风
唱赞美诗　调节闪电的瓦数　温柔些吧
别像过去年代那样扫荡　参天大树不是你的臣民
乌鸦　喜鹊　斑鸠　麻雀　燕子……　南辕北辙
团结在一起　树可群　共同装扮着这个春天
将它打扮成接新娘的彩车　那时候三十岁的李
二十六岁的桃正要去结婚　他们坐在扎满鲜花的

轿车中　太兴奋　没看见这树上一群小工人正在
干活　喜气洋洋的工地　光斑闪闪　没关系
在这样的春天　出嫁是普遍的　群鸟叽叽喳喳
树叶叽叽喳喳　婚礼叽叽喳喳　他们有所耳闻
幸福的耳背　听成了　我乐意　我乐意　我乐意

2016 年

春天中的独角兽

那棵树独立在高原上
它的村庄搬迁了　留下土地
骨头　石碾子　空水缸　两行车辙
失去了名字　神的事业依然继续
独角兽从春天的大道上回来
回到那被遗弃的枝丫和鹿角之间
回到那一向被炊烟忽视的高度
拉开窗帘　用阳光之帕揩擦着叶子上的灰
哦　它是一架长耳朵的竖琴
它才不是什么痛哭流涕的老槐树

2017年2月18日

地　火

从前　博尔赫斯和阿道夫·
比奥伊·卡萨雷斯
在布宜诺斯艾利斯办了一份
小杂志　叫作《错时》
不合时宜　只出过三期
三个月后就被遗忘了　这种事
我在昆明也干过　一九七九年
我们几个大学生办了一个油印刊物
叫作《地火》　只发表最高超之诗
相当原始　文字用铁笔刻上蜡纸
字写得最好的是刘小兵　然后
放进油印机的纱网　橡胶滚筒
滚一下　一首诗就出现在白纸上
黑色字迹就像一次次天亮　有一股

矿石之香　油墨弄得我们满手满脸
黑乎乎　深夜没有食物　像野兽那样
喝点冷水　然后朗读　内容不合时宜
只出过两期　这种事都是感性的
只有青年会做　激情洋溢　神秘热烈
通宵达旦　如胶似漆　不亚于爱情
但是别想长久　庆幸的是
我们谁也没想长久　我们只圣洁了几年

2019 年 6 月

大象十章（组诗）

一

原始的肉体被图纸抽象出来
用进口材料重建了一头大象
跪下　腹部被水泥灌进地基
节省了丛林和甘蔗地
蹼底安装了电梯
小眼睛换成大玻璃
耳朵锁上　长鼻子
通向总裁办公室
庞大　专制
野蛮　冷漠
无形　岿然不动
伟大的吨位得以持续

把一切压成灰色的复写纸
没有野兽
动物园在市中心

2008年11月

二

那一天在印度东部
雨中　你独身
多年前你祖母逃出波兰
如今你住在伦敦
雨停后你走去恒河洗脸
大象的城堡站在沉思的平原上
擦干水痕回来时
我看见你有灰烬般的眼睛

2011年12月

三

高于大地　领导亚细亚之灰
披着袍　苍茫的国王站在西双版纳和老挝边缘
丛林的后盾　造物主为它造像
赐予悲剧之面　钻石藏在忧郁的眼帘下
牙齿装饰着半轮新月　皱褶里藏着古代的贝叶文
巨蹼沉重如铅印　察看着祖先的领土
铁证般的长鼻子在左右之间磨蹭
迈过丛林时曾经唤醒潜伏在河流深处的群狮
它是失败的神啊　朝着时间的黄昏
永恒的雾在开裂　吨位解体　后退着
垂下大耳朵　尾巴上的根本寻找着道路
在黑暗里一步步缩小　直到成为恒河沙数

2011年9月3日

四

再没有可以逃亡的边境　面部只剩下鼻子和
看不见道路的视力　随风起义　八月之云
用圆柱跳舞　踩奏着大地之鼓　一团团狂沙
凝结得　就像一个混凝土黎明　这群集装箱
因超重而获得了蹼　笨重的任务　只有笨重
之躯可以胜任　停工的采石厂　低着头　迈过
地毯返回石头　自我　因自己运输自己而领土
辽阔　受伤的矛盾　精神依赖于赘肉堆砌的大牢
获得超越　自己押解着自己　自己围困着自己
自己辩解着自己　自己确证着自己　温柔之力
囤积着一支军队　一个印玺　因此超凡入圣
露出婴孩般的白牙　另一根挂着新月　天真汉
钩住天空荡着一个秋千　尾巴指出南面
我们绕过战线　看见一扇耳朵　再绕到北面

看见另一扇耳朵　它一直在细节中教导我们
摸索虚无　要跟着瞎子们　在皱褶处

2015年7月3日

五

当我们睡眠时　某事被运作　某物在交易
某物在出笼　货箱一堆堆在波浪上隐去
巨头们签订新合同　账簿转移　资本蒸发
美意失传　人事的秘密集团　导致草原破产
丛林破产　河流破产　大地破产　老子的真理破产
入不敷出的象群　一头头站在动物园的运钞车后面
殿后者巍峨如冬天的高原　尘土臆造的灰永不散去
倒闭的铺面　维持亏空的象征　以古老的期货

2015年12月13日

六

在我们视为监狱的地方
是它的草原　黑夜　沼泽
我们永不停歇地加固着的门票　栅栏
制度和小人国　无法不担心那只藏在灰尘里的鸟
一蹶一个坑　有着元首的威望　王冠般的独牙
不屑于搅拌闪电　忧郁的磨盘转动着秋日
它守在家族的迟暮里　从不卸下责任
风暴在它的意志中凝固　走过来
朝故乡的雨林鞠躬　又驮着伟大的包袱走开

2016 年 3 月

七

风挺着盾牌在泥泞中行走

抵抗的不是敌人而是　秋天之雾

它们希望自己再清楚一些

不仅仅露出短牙

它们不停地在热带雨林中行走

它们的长征总有一天走出灰色

它们有象牙色的骨骼

2016年9月26日

八

负着重　迟缓　宏伟但不是自我膨胀

来自洪荒的纪念碑　脏尾巴后面小跑着

亚细亚雨林　这种形而上学令哲学家困惑

他们无法思考这团雾　像什么　大权在握

从不行使　容忍而不施与　贡献一种舞蹈

或陵墓之美　无法亲近　没人能拥抱它

王也不拥抱我们　高大而不是崇高　悲壮

但不是悲剧　　白昼下面一个谜在发霉
凝固在时间中的句号　　无法再理解　　分析
再去开始或终结　　牙齿是象征性的
视野接近荷马　　在我们永远够不着的地方
它将鼻子伸进河流　　带来一种不灭的形式
山峦跟着它长出蹼　　朝南方的边缘移动
那儿有阳光与食物　　雨量充沛　　驯象大师
是一位康德那样的人物　　瘦小　　自卑
在炎热的天空下穿着短裤

2016 年 8 月 8 日

九

它被囚禁在象科　　长鼻目
带着它的鼎　　荒野和宇宙面具
它得继续面对星夜
巨大的头颅钻进小房子

世界顿时荒芜　生活　散步

假装着战败　失眠

迈向左翼的时候也迈向右翼

旧贵族的生涯无比漫长

境遇无法改变大师的内涵

慈悲总是在创造新边界

它怜悯着动物园　跟着格林尼治时间作息

拖着被浇筑成真理的腿　向马戏团敬礼

它起床的样子就像曼德拉先生

朝霞满天的世界在倒退　弃暗投明

朝着它　阴影　它从不攻击栅栏

在流沙上建设着　脏小孩

玩耍落日　让天空落下尘土

2016年10月24日

十

这灰色的幕与城邦对峙　我们只能驻足于迷惘后面
像是刚刚被它拘留　安泰般的腿上铁链子光芒沉闷
仿佛拴住它的灰　一直是湄公河的某一段
无论朝这个刑期中浇灌多少吨水泥
人类打造的小戒指都无法控制它的婚姻
一座被囚禁的教堂　是的　它的年轮老于诸神
非凡的长鼻子顽固地长出来　再长出来
朝世界妥协于进化之美的鼻梁骨
喷去一股股轻蔑的灰　文明退回肉体的山冈
栖息在那阴凉的腹部　保持着高迈　厚重
强大　深刻　原始之颅缓缓地从一种意志
转向另一种意志　印玺般的蹼落在坑里又迈上斜坡
一个复制着另一个　在自己的灰烬中沉思默想
树叶般的眼帘上落着细埃
伟大的视野只盯着混沌　臀部的磨盘上
那根永恒的尾巴总是在搅拌永恒

总是关着耳朵　它听不见失去了罪犯的警车
像鸟群一样在天空下尖叫　大厦竣工　铁闸焊罄
栅栏坚不可摧　野兽在押　整容结束
电梯停在最后一层　站在终端这边
面对这位从一而终的巨擘　我们不知如何是好
黔驴技穷　游戏已经玩完　只等着洪水
像一个正在酒吧间里表演的土著
将阴影投到门票上　它转过背去
与黑暗商量如何处置我们余下的将来

2014年5月3日

乌鸦集十首

乌鸦

一只乌鸦站在夜晚的高原上
黑暗军团的包围　使它相形见绌
接近黑暗但不是　它一生都将被组织拒绝
没有飞走　就像那些无法进入天堂的恶棍
从柏树飞起　落到桉树之上

2016 年 5 月

鸟群中　最暗淡的一只

负载着自身涌出的煤炭
去更大的矿井中证实它的重量
飞行没有止境　它与大黑暗
是不同的　质地不同　体积不同
细节不同　镐头不同　信念不同
方向不同　它的谦虚被误解为臣服
以为它也是上夜班的油漆工
它不是那种抓住一切的爪子
它的天空在一个发亮的水罐里
与微风为伍　与垃圾为伍
与从未打开的书本为伍
低低地　穿过底层的页码
忧郁地唱着唯一的灵歌
它整个世纪都不快乐　一个
拒绝着所有　它的翅膀是真的
鸟群中　最暗淡的一只　几乎看不见

衔着山顶的石子　削减黑暗的密度

它嘴巴是尖锐的

2019年

乌鸦第11号

跟着光醒来　星星　云　群山　露水

石头　豹子　牛群　翡翠　秋天边上的石榴园

小跑着去往城邦的大路　一端闪着光

它们不是像军营那样同时醒来的　光决定

一日的顺序　喜鹊先叫　屋顶后亮　凤跟着

桉树　桉树跟着柳树　柳树跟着芦苇　然后

外祖母的晾衣绳在院子里摇晃起来　有一坨红色的石头

滚下了山坡　有先有后　积极分子暗里越位

争先恐后　看着手表　抢先于万物　有时三点醒

有时在正午　无法无天　心想事成　世界支持加班

青年再次背叛雇主跳槽　好胜的时代　冠军们不喜欢

那只在晨光中飞向深渊的乌鸦　老师不喜欢它从不回头
一意孤行　不喜欢它的谦让　它的无精打采　保守　该死的鸟
不戴手表且一团漆黑　看不出它的态度　它被排在最后一排
永不举手发言　最后一个　最失败的一位　于暮色消失后起飞

2020年1月12日

法兰克福的乌鸦——怀彼得

两只乌鸦一前一后　从松树飞向松树
无论如何　总是有空间让它们展展翅
这样的安排很棒　后面的不在乎前面的
成为首领　前面的不在乎后面的突然转身
背叛一条路线　后面成为前面是它们的
常事　容易妥协的鸟儿　天空中的黑衫党
从来没去过德国　也没见过彼得　老朋友
多年前　雨天　法兰克福没有认识你的
乌鸦　我们走在美因河与莱茵河的交汇点

附近有罗马人的废墟和楸树　　又去修照相机
乌鸦披着黑大氅就像被白天抓获的一名密探
唉　美好而多事的一天　在二战的大轰炸
之后　这一天还在着　等着我们来享用苹果
酒和烤猪脚　彼得　你埋在哪个公园　盖着
哪片落叶　那天回家的路上　托马斯的妻子
晕车　她蹲在高速公路旁呕吐时　我看见
原野在星星下招手　有些巫师的手指在黑暗里
扑腾　发出乌鸦的声音　怀念往事令我像一只
乌鸦　它不必飞到法兰克福　就在我的树上
在西思格拉大街歌德家二楼没遇到歌德　后来
我们在菜市场看到一只红色火腿　那天乌鸦
在电车上说　有一天我将出现在你的墓碑上
取消你大胡子下面的腮红　我们讨厌它的饶舌
置之不理　后来我们在森茨家晚餐　她烤了黑面包

2018 年

乌鸦与喜鹊

喜从天降　这个慷慨的黄昏终于让乌鸦
落到那棵灰色的桉树上　它的第一只鸟
耀眼的黑暗　停在三根或五根树枝之间
自己衔着一枝即将为这棵幸运树带来巢
忽然神圣了　近在咫尺　我们忘记晚餐
像修道士那样去仰视　瞧　一只乌鸦
不是　是喜鹊雀形目鸦科鹊属的一种鸟
智者说　喜悦因此更精致地在我们之间传递
叫鸟也可以叫老鸹也可以　叫乌鸦也
蛮好听的　能指不同　喜感也不一样

2019 年

逃亡

乌鸦朝着境外逃亡　那边是黎明
胜利　新生和太阳即将加冕的群山
它们以为可以逃出与生俱来的黑压压
悲伤地叫着　嗓子已经破烂而嘶哑
像那个来自魁北克正在咖啡馆唱歌的
黑暗歌手　科恩　他的眼帘下栖息着
一只忧郁的渡鸦　这个方向是错误的
天空只令它的一生更为耀眼　羽毛更标准
发音更为准确　更愚蠢　投向比它更黑的
夜也未必就对　它将沉默而不再是伟大的
乌鸦嘴　乌鸦作为世界之杰作已经无可救药
走投无路　它们只能永远保持一个逃亡的
姿势　乌鸦就是黑暗自我否定以再次肯定的
翅膀运动　尖喙的光荣重复　乌鸦不是哲学
拒绝进步　它飞在我们头上　越过我们　总是
在创造边境　等着光明的诅咒　它喜欢

衔着树枝去高大的树枝上做巢　然后它飞走
在我们入睡时　在深渊里

2020年

乌鸦下的农夫

太阳之锁滑下白昼的大门
夜晚的仓库在森林后面徐徐打开
乌鸦成群　黑压压地涌出来　向南
然后斜飞向西　它们的念头无法琢磨
落点不可预测　总是出乎意料　看吧
朝着泸沽湖那边去了　像是收尸的车
看吧　它们还要回来　带来你自找的悲伤
看吧　还看得见那些恋人般的杨草果树
看吧　最后一块土豆地在矮坡上发光
夜就来自那儿　讨厌的熟人　总是带来

困扰的阴影　灵魂保管者　一生都固执地
待在乌鸦中　跟着心事重重的乌鸦　那么重
重于所有黑暗　足以将每个秘密想透
干完活的马匹留下蹄印走了　将乌鸦留给那些
在乎的人　那些沉默的人　那些掩盖真相的人
归家的农夫在马屁股后面走着　感恩的脚步
再次摸索着归乡之路　他无法记住乌鸦
令人失忆的鸟　与黑夜一个颜色的鸟　唯一的
鸟群中胆子最大的鸟　歌唱着　取悦着死亡
比死亡更清晰　更深沉而被死亡免死
一万年后还要飞过这三亩　他的地　他记得
死亡　他无法记住这种黑暗　它们的职业
就是在天空飞来飞去报警　他是乌鸦之声的
聋子　他只听见教堂的　寺院的　秋天的
落日的　喜鹊的　他记不得任何一只乌鸦的
相貌　任何一只　浪漫的农夫　他一生都在
天黑后回家　他计划明天起个大早　摸黑再来
临走　锄头扔在空地上　将剩下的麻袋叠好

坐在石头上抖去黑暗鞋腔里的土渣子
这些小乌鸦呵　将他的脚板硌了一天

2020 年

鸦鸣

那列桉树火车等着朝天空的终点站开　有只鸟
在站台后面卫生间里叫唤　水龙头漏下它的羽毛
刚刚遭遇一场灰的袭击　喜鹊的故乡已埋没
湖泊和平原也不见了　逃向世界左翼　不是太左
刚够风再次吹开它的眼帘　刚够那些扛着大锤
下班的劳工漠视它　就像那些百年前的诗人
他们会填词　押韵　只为继续陈辞滥调和
垂死的画栋雕梁　他们的身体只属于多愁善感
这只更好一些　它的韵不为任何意义　只为这亘古的
大地政治　老生常谈　嘶哑　跑调　乌鸦之歌　一声
小于一声　一声远于一声　暮晚即将熄灭　回到夜

它独自待在那里最好　唯一的乘客　莫黑匪乌
像个低音雕塑　不是在抱怨这糟糕的一天
这劣质的时间的纸巾　这废墟里的歌剧
它得再找个更深的巢　它在等着死亡回应

2021

寓言

这地方的人认为一切还不够亮
门不够亮　地板不够亮　厨房不够亮
盐巴和灯不够亮　玻璃不够亮
天空不够亮　大地不够亮　夜晚
不够亮　春天不够亮　雨水不够亮
停车场不够亮　他们没有靓丽的女儿
必须再亮一点　必须再亮一点　必须
他们挥舞着发光的铲子　乌鸦总有一天会
亮起来……　这些失眠者仇视黑暗的样子

就像那些乌鸦　漆黑的鸟　一只只掠过白昼
它们从不在黑夜里飞　它们从不反对黑暗

2016 年

乌鸦已经起飞

收藏者的日子　树林打开悲哀之窗
万叶自黑暗的房间飘出　死亡的色谱
终于可以识度　深浅明暗各异　轻浮
或厚重　丑陋或美丽　伪善或诚实
庄严或滑稽　伟力无法解构秋天
随便爱上个什么吧　总胜于麻木不仁
这生命真是值得在场　值得琢磨
值得深思　值得言语　这么多可能
这么多意味　抓紧　记住那些
无人阅读的文字　在这审判之际

趁还能在落叶纷纷中　飒飒涉足
乌鸦已经起飞

2021 年

希腊诗记二十首

希腊

在宙斯的天空下
看不见柏拉图
大地永垂不朽
又是一个秋天
地中海撤回大海
阿伽门农躺在橄榄树下
一片阴影盖着他受过伤的腹

希腊旅游建议

有时候　你碰巧了　大海
正像个肥胖妇人　永恒的失眠者
暖洋洋的　浑身咸臭　腥气
敞开　等待　淫荡　勾引
浪语　打扮停当的海鸥
斜靠着蔚蓝色的大门
就像一家古老的妓院
也不必下水　去挨它躺着吧
有很多热乎乎的毯子
在青天白日下撒手睡去
在黑暗里像神那样醒来
回家乃次要之事

缆索

从此岸到彼岸　乘渡轮十分钟
"此岸"　"彼岸"　从一部书到
另一部书　在各种语言里两个词都
非同小可　尤其是彼岸　意味着
"去终古之所居"　（屈原）　或
"出埃及记"（《圣经》）　上船时
没想这么多　只是安静下来　个个
都要找地方坐稳　拉好　扶好
老者优先　抓住小孩　夫妇彼此搂紧
重复一桩古老的摆渡事业　细节照旧
奥德修斯从天上下来对船长说　"再检查下
你的缆索　不要拖在水里"。

来到希腊

腓尼基人满载黄金的货船再也不来了
新的市场开业　雅典娜的后裔在赚旅游者的小钱
当我走出机舱　一架飞机遮住地平线上的新月
又一个黑夜从爱琴海那边滚来　确实是一种爱
荷马呵你不要睁开眼睛　橄榄油呵你不要吝啬
我为那个古老的承诺而至　我没有带盐巴和胡椒
我带着游泳裤　笔记本　瓶子和海豚

宙斯神殿

数学自虚无涌起
几何的骨头朝向天空
给一切以尺寸
《论日月的大小和距离》
阿利斯塔克算出 $α=3°$

暴风雨在闪电中被柏拉图整理成直线

无望的卷尺日夜测量着荒野

英名千古　神叫作宙斯

最后的数据尚未到来

一闪即逝的是一块阴影

去迦太基的船就要开了

汽笛响起时　希腊岛晃了一下

阿波罗神庙

岩石之花　日夜在大地终端开放着

天空忽然开阔　哦　神庙涌出高山

远处是大海　时间死在落日后面

暮色里　灰色的柱廊上开着一堆幽暗的花

何时凋谢？日复一日为永恒顶着穹庐

它知道石头是石头　它不知道石头不是石头

等不及的白胡子石匠枕着山梁入睡

当年做了104根科林斯圆柱　黑暗被挖出

解开　剥皮　开槽　安上光芒万丈的头颅
从此楷模一切　太阳跪下来　祈求神的眷顾
祭司早已亡于希波战争　密咒逃出大殿
船沉在露天剧场　有时阿波罗在明月下练武
永远崇拜着他的弓　他的手　总是有古老的青年
出现在阳光灿烂的操场　这样做必有意义
一个个像神那样结实严肃　紧张　抿着嘴唇

废墟

漫山遍野　生长的形式与植物不同
大梁　台阶　拱廊　圆柱　壕沟　祭坛
埋人坑　读书可以想象出完整　阿伽门农之名
不死　神庙不会破碎　大道就在那儿
一块块巨石上有些爪痕　该来的都已来过
宙斯也不知道这样的倒塌还能有何作为
坚强的　高贵的　豪迈与残暴　只是要成为
这样的涵义　这样的重量　嵌入大地中

像是它的硬邦邦的私生子　　发黑的下巴上覆盖着苔藓
孤独如王　　我欲沉思如沉思出巡　　我欲巡游如大理石储君
如果雅典不再下雨　　如果大海开裂　　但是规定下午
五点钟后不得逗留　　要继续的话　　可以在外围的荒野上
乱走　　与原在的石头有所不同　　仔细看
几何形的邃缝不会来自洪荒　　也不是陨石

旧地毯

一块旧地毯晾在佩涅洛佩家的阳台
妇人将在日落前卷起　　抱它回客厅
橘黄色花纹模仿了米诺斯山岗上的云
七千年前飘过的那块
乃是住在下面的一位工匠画的

他的梦想已经实现
那些赤脚从此离开尘土
脚底板学会了感恩

日日夜夜在毯子上走
跟着那匹死者们养过的黑猫

纺织娘倒很年轻
住在另一条街的二楼
每个周末　她们的芳名都要混乱
求婚者们骑着摩托在下面喊
领头的依然是安提诺奥斯

必须拆掉　再织一遍
让他们下礼拜六再来
回去要小心红灯　花园和酒鬼
姑娘们跑到窗子前张望
她们的小伙子都是战士
斯巴达风格
她们盼望着自己去晾那块地毯
她们要装作有拍不完的灰
拍打呵　拍打　永远不会干净
她们都是美人　细腰　老茧　白裙

雅典一条街

似曾相识　这条街我必住过　那种
剩余的光辉　那种苍老的失意
落落寡合的怪癖　等着一辆汽车路过
叔叔在水管前洗着拖把　那个害人坑
多日没下雨　好寂寞　没有人会再搬来这里
除了我父亲　我妈妈　我的秘密邻居
除了我永记那个正午　我的新皮球
飞进天空　从此再没出现

被单

当一阵风吹起我母亲晾在阳光下的被单
飘扬呵飘扬　世界上必有许多布匹跟着
弧度不一　希腊的这块　掀起时
有位男神的大理石手臂露出　正在掷石

阳光下的自行车

1971年是美好的　我有了一辆自行车
我十八岁了　像一位偷自行车的意大利人
唱着歌　一圈一圈蹬着脚踏板
沿着我们那儿的湖　哎　天空下有许多
想飞的姑娘　我的后座架是空的

老四

有些人住在大海边
从未下过海　也不造船
他们每天用餐　从不提起盐巴
也不会去想一只海鸥为什么是白的
这是柏拉图想的事情　那个大脑袋的傻子
听说是阿里斯通和珀克里提俄涅家的老四

雅典市场

大海作乱　岛屿不安
梁柱倒下　市场再次成为废墟
买卖要继续　美人要补妆
古希腊在普拉卡区
现代在蒙纳斯提拉奇市场
他来买盐巴　你要糖　我在找一把桨
鱼来自地中海　布是几位嬷嬷织的
卖黄金的要用秤　买果子的要出手
讨价还价　小英语人人会说
希腊语不讲这些　荷马还在流传
提着袋子的都是老实人
东张西望的是兜售赝品的
背包客流着汗　他想要一块肥皂
橄榄色裙子就挂在那儿　风也喜欢
来一条吧　姑娘　那位店主来自威尼斯
他老婆就是卖奶酪的肥娘

那位崇拜柏拉图的教授

忽然扔掉刚刚挑中的小玩意儿

一甩风衣跑起来

有人偷了他的钱包

怎么追得上哪　那个英俊的贼

就像奥林匹克运动会上的长跑者

鼓起的后腿上有一股闪电般的青筋

古铜色

卖鱼的人自大海来

没有成为蔚蓝色而是成了古铜色

种橄榄树的人没有成为橄榄色而是成了古铜色

开出租车的人经过商业区　没有成为钞票色而是成了

古铜色　海伦是古铜色的　如果海风转过她的脸来

不言自明　《奥德赛》和《伊利亚特》都是古铜色的

荷马自然是古铜色　他的眼睛只看得见古铜色

船上下来的人是古铜色的　制陶的人是古铜色的

织布的人是古铜色的　躺在海岸上的一家人也是

古铜色的　妈妈是古铜色的　父亲是古铜色的

儿子们是古铜色的　求婚者的腿是古铜色的

太阳不是古铜色的它生产了这种元素

阿波罗是古铜色的　如果他走到神庙外面

石头雕的希腊人从前是乳白色的

如今有点发黑——它们还住在希腊

海鸥想成为古铜色的　它一直在阳光下飞

死去的人令我们沉思　他们为什么选择古铜色

要死的人在跳舞　说话　唱歌　吃饭　开会　游行　做爱

买和卖　他们有着古铜色的手　古铜色的心和古铜色的梦

古铜色的餐馆　坐在里面点餐的人大部分是古铜色的

令晒得不够黑的人们忧郁　在希腊　苍白是忧郁的

古铜色万岁　古希腊万岁　但黑人并不是那些喜欢太阳的人

卖纪念品的小姑娘晃着一个小人物跑过来

她说这位晒不黑的玩偶是苏格拉底　"一欧元"

她自己是古铜色的　她会成为古铜色新娘

夜莺

有一个歌手离开了家乡
走来走去　在世界上
一支支唱着神秘的歌曲
无人知道他唱的什么意思
大家都喜欢这个声音
叫人想起那只夜莺
从前　在故乡的窗外唱歌
有时是黄昏　有时在黎明
有时在柳树上　有时在桉树上

流速

雅典人　苏格拉底弟子　作家兼
将军色诺芬在《撤军记》中写道
"他们沿河北上　到达底格里斯河

和幼发拉底河发源的山脉"　我推测
他们——那支杀人如麻　穿过了一整个春天
的军队已经芳香　在山脚下喝过矿泉水
"又经过亚美尼亚高地　那儿住的是
野蛮的高山族"　我恰好认识一位亚美尼亚人
几年前　他在莫斯科转机　瘦瘦的　进入
中国　读书　在夏天的课堂公开写诗
这里是诗国　还是有点害羞　蓝色钻石眼睛
与同学不同　他的母语与希腊语有某些共同衍征
我们相识是在云之南　滇池边　那一天他坐在我家
那样地看着我　看着我的毛笔和墨　我们喝茶
吃饺子　谈话为大家所爱　我说起住在高山中的民族
色诺芬也提到过　"背上饰以五彩　前身全部
以花样图案文身……随地就处跳舞"　其间
还看了一块从美国阿巴拉契亚高原带回的古蜡块
上面刻着波斯图案和一个年代　1793　本来
是黄色的　有些发黑　蜡味已失　在场的人
彼此传递　闻了闻　他在天黑后离开　像我的
族人　他们总是在天黑后离开　那时街区的

柏油路面灯光如水如河流　这河流没有声响

影子

各种各样的影子　歪曲着事物真相
如何将它们切割分析　影子是影子　墙是墙
一个亘古难题　每次路过　柏拉图都在思索
方案　智者无法在影子里辩论　增加　延长
萎缩　变形　它的动作像是雅典城的魔术师
一堆砖块并没有砌出过阴影　囚犯知道这都是
实实在在的日子　他们只想保持刑期完整
坐牢是一个人的事　不想连累无辜　总是被
卷入多余的阴影　抽象的自由　抽象的自尽
即使它是一座教堂　也会被拉长成一根盲目的拐杖
眼见无实　即使推倒了　阴影也会聚集在废墟中
一个词的影子从希腊蔓延到罗马　宙斯的化名
是朱庇特　太阳下　人和猫都喜欢在阴影中走
他们愿意被虚无盖着　没人喜欢投下它的那堵围墙

在雅典

希腊还是那个希腊
大卫在一块石头上睡觉
荷马在街头乞讨　眼睛还是看不见
逻各斯消失在它自己的抽象里
古老的小偷走在帕特农神庙下面的新市场
我是他的下一个袭击目标
他装着从来不认识我　很快
我的钱包就不见了　嗨　这小子
我知道你是谁　你的手
和我那位邻居表弟的一样长

古铜色毯子

雅典一处阳台晾着床红色毯子
飘扬然后静止在我之前的早晨

惹得我在旅途中驻足　不是全红
这种地毯在拜占庭的庭院出现
在伯罗奔尼撒的遗址我也见过
其间有一块黄色的框　上面纺织着花朵
不是很贵重的毯子　踩过　磨腻
又洗干净　再次晒干　太阳给它工作
给它阳台　给它羊毛　给它图案和花朵
给它步向客厅的美足　给它苍老的主妇和丈夫
给它随地小便的猫儿和一群爱爬的小孩
给它地中海那些水手带来的古铜色
它其实是古铜色毯子

访波塞冬神庙

那年秋天出境去访波塞冬神庙
大巴车座无虚席　豪华旅游者
崇拜神灵　历史　时间　背着包
刚刚在旅馆吃了鸡蛋　橙汁和肉肠

心满意足　悄悄地决定不再苟且
花点钱买票　去看看海神的石头
祭坛　各种语言座位挨着　没有
交换意见　心照不宣　平庸到
这个程度　人人握着一个手机　时刻
准备按　司机是希腊人派来的　那时
人们相信大海是一位神　叫波塞冬
太阳也是神　月亮也是　异名同谓
盘古也是　共工也是　嫦娥也是　宙斯
也是　人类对自然的敌意还没开始
诸天神赤脚穿着云鞋在山头上走来走去
呼风唤雨　唱歌跳舞　指出种种所爱
它们不是我们　在我们不在之处　在
石头里　在乌鸦中　在河流深处　在
女人们神秘莫测的里面　在老天的
保护下实施保护　一场场祭祀在秋天
雨后举行　宰掉羊　喝掉酒　排着队
在悬崖上转着圆圈　三面环海　左面
是爱琴海　正面是地中海　右面的海

叫作爱奥尼亚　"世界之意义在于
事与愿违"　"小子何莫学乎诗　诗
可以兴　可以观　可以群　可以怨
迩之事父　远之事君　多识鸟兽虫鱼
之名"　起　尽兴吧　波塞冬披头散发
将黄金倒进了深渊　可喜之事运转世界
一切只剩下石头框架　几根多立克圆柱
继续在苍天下高耸　骨子里的东西露出
这样精确　数学跟着几何穿过时间成为
长方形的风　自由即独立　"概念是
客观存在的"　对着散落一地的大理石
构件顶礼膜拜　思索其含义　永远不得
其解　趁机摸了一下已经冰凉的远古
宇宙涌出荒凉之光　大海在黄昏的门槛
里喧响着　伟大在那儿激荡　每个人都会
得到一个灵魂　如果你有　每个人都拍了
照片　按下快门即刻忘记　不是要证实
出席　只是跟着废墟上的沙滚动了一下
天黑时各团纷纷离开　月亮正在升起
地面看不清楚　高一脚低一脚　失去了

面目　像灰那样走着　进入神庙就是这样
仿佛死去过一次并再生　哦　工匠都是
大力士　他们将巨石垒叠到那么高　在
暴风雨中也不会摇晃　它们　那些
密集的暴君在远方的天空下再次联盟
即将实施另一次无果的打击
走快点啦　谁也没带伞

2019—2022年

注："概念是客观存在的""世界之意义在于事与愿违"（哥德尔）
　　"小子何莫学乎诗　诗可以兴　可以观　可以群　可以怨
　　迩之事父　远之事君　多识鸟兽虫鱼之名"（孔子）

在德钦高原遇到某某

遇见它时　汽车刚刚进入德钦　行驶在高山下
月光照出松树林　谁在那儿数着落叶　谁的猎枪
即将走火　谁的母亲将要成为神　藏族人的地方
麦地里种着灰蒙蒙的青稞　这个县还没睡熟
刚吃过一锅子羊肉　在车厢里说着李局长　我们
正在出差　资金雄厚　一个项目已经敲定　据说
此地有熊出没　刚刚撒过谎　习以为常了
谁也没将警告当真　突然间　一个东西从森林
走出来　挡着道路　文明中断　戴着动物界颁发的
面具　狰狞　残暴就像某位杀手　就像推土机横蛮
开辟出的远古　星空荒凉　真身光明磊落　诚实令人
恐怖　舌头漆黑一团　并非开会所致　无名　我们
喊不出来　司机慌了　差点儿出轨　在座位上萎缩着
口干舌燥　得胜回朝忘了带水　谁也想不出对策

想不出要如何谈判　如何阳奉阴违　如何投降
只能停下束手待毙　它不重视我们　斜乜一眼
就走掉了　后视镜里映出卡瓦格博幽暗的雪线

2017年

论　酒
　　——致韩宏

不是红色的　不是黄色的　不是那些
没有颜色的白开水　白酒不是白色的
无人道破的真理　白乃知白守黑之白
"酒　明水也　夏后氏尚明水　殷尚醴
周尚酒"《康熙字典》　不是威士忌或
伏特加　不是汾河的洗衣水　不是用来
酒吧长谈的黑啤　不是高粱　不是玉米
不是令骗子们大腹便便的杜松子酒　不是
政客和小资产阶级的苦艾或玫瑰　不是
站在吧台旁看那台孤独电视机里的伤心节目
好酒者韩宏　不是你手中那只肝胆相照的
金樽　也不是柏拉图的智慧可以勾兑出来
的乙醇　这不是私酒贩子们能够偷运的
每个时代的禁酒令一律对它无效　"吉凶
所造起也　古者仪狄作酒醪　禹尝之而美

遂疏仪狄" 将军"冯永祥一听到酒字，
啥都忘了，眼睛笑得眯成一条缝。 （周而复
《上海的早晨》） 伟大的淫酗 对身体有效
对失恋有效 对叛变有效 对深交有效
对失去江山有效 革命总是开始于这个不朽的
源头 结盟也是 相好也是 敌对也是 它
摇摇晃晃 歪歪倒倒 错谬百出 妄自尊大
令侏儒和老鼠瞬间飞起来成为好汉 神仙
去你的 合同！ 雄心崩溃 黄金成为粪土
成为一匹匹朝着草原的根下跪的千里马 睡吧
去神游物外 去叛逆 去表白 去哭泣 去卸
妆 去赤条条地 去不自量力 长出李白或一只
乌鸦并不具备的翅膀 醒时同交欢 醉后各分散
永结无情游 相期邈云汉 它是那些流传在世上
的没有下落的诗 在黄昏的河流里 醉醺醺地
推动着时间 那些没有流向的水 没有商标
没有瓶子 没有门 没有胜利 没有回家的路

2020年12月6日

冬 原

一头雪豹想象中的卧室　白色大床
沙发　电视机和大理石冰柜　它走过
捻着黎明的剃须刀留在平芜上的残髭　呵着气
沏出一杯蓝色的茶　它听见今天的新闻
矮桌上放着一对塑料眼珠　浴室的玻璃门开着
弥漫出诡秘　即将出事　某个疯狂的夏天已经脱光
但我无法身临其境　虽然一切是那样超凡
脱俗　甚至可以脱下它的皮子　擦去那些怪诞的花纹
收起獠牙　让它喷出 0 度的焰火　照亮真实

2016 年 10 月 10 日

抚仙湖四首

湖人歌

狐在湖之北兮

服在湖之西

父在湖之东兮

福在湖之南

母在湖之渊兮

木在湖之冈

泰矣　灵兮

王其鱼乎？

水含玉兮山有女

诸神沐兮湾波息

蓝裾抚兮郎

永结好兮长相守
上帝赐我吉室
上帝赐我故乡

大学故事

那时我们还在大学读书
奋发向上　憧憬着成功
征服　有用　滔滔不绝　后浪
胜过前浪　十九岁或者二十岁
那一日我们漫游在青年时代
成群结队越过红土高原
跟着失踪的狼或豹子
前途坦荡　大道朝天
忽然间地幔陷落　第一次
看见了抚仙湖　突现高原
渊薮如镜子　映出一张森蓝的脸
古老的真理在天空下发布

那么从容　一条鱼跃起又落下

哗啦一声　墨蓝色的唱片旋转着

一支地狱之歌　我们停下

在悬崖绝壁上望着它

被下面那远古的纯净吓着

世界这么脏　第三纪末期

古地中海退去后留下的胎盘

它才是母亲　它才是祖　它才是父

它才是教员　粉笔是个登堂入室的

大骗子　顷刻间失去了光辉未来

下面是黑暗　死亡之门朦胧昏暗

仙人抚琴时　风托起五弦之波

鱼群摇着尾巴朝太阳的大船逃来

它们也在奋斗　怀着理想　追求毕业

大地是这样地深哦！　像失去了智商

和能力的傻子　我们无语　消极

木讷　跟着风　没有捕鱼

像第一次睁开眼睛的猿人

战战兢兢　亢龙有悔

抚仙湖之光

高原上的松果不知道它在微风的丝带上闪着宫廷之光
羊群和石头不知道它们在山冈的城堡中闪着童话之光
抚仙湖是一只开屏的蓝孔雀它不知道自己有一万只眼睛在闪着
　　宝石之光
戴草帽的播种者是个老实人不知道他的粮食在犁头下闪着酒窖
　　之光
有头黄牛在嚼干草不知道它的黑蹄子在装满土豆的麻袋旁闪着
　　节日之光
游在湖上的泳者不知道他偶尔露出水面的脊背闪着青铜之光
晾在土掌房阳台上的玉米棒不知道它的黄金铠甲闪着武士之光
挂在周家屋檐下的长辣椒不知道它的红色号角在屋檐上闪着尖
　　锐之光
矣马谷寨子的灶不知道它的烟在黎明的云彩中闪着乡村之光
怀孕的黑狗不知道它下垂的肚子在铺满糠壳的碾场上闪着祖母
　　之光
水上巡逻队的快艇不知道它的金属舵盘在麻木中闪着和平之光

打鱼郎阿水不知道他的木桨在少女们的眼帘下闪着婚纱之光
小湾的沙粒不知道它的侧面正朝着下一场潮汐闪着盐巴之光
老鹰不知道它沾着鱼鳞的湿爪子在第九重天空闪着王者之光
威风凛凛的推土机不知道它的钢铁履带在大地的窟窿边上闪着
　　强悍之光
沉入湖底的古代殿宇不知道它的石阶在鱼鳃下闪着庄严之光
掩埋在李家山的滇王之樽不知道它的花纹在黑暗里闪着复兴
　　之光
夜晚不知道它的黑被面在晴朗的星夜闪着丝绸之光
萤火虫不知道它的信号灯在少年们的口哨声中闪着友爱之光
春天不知道它的斧头在桉树林的腰杆上闪着游戏之光
夏天不知道它的火焰在莲花塘的深处闪着女神之光
太阳不知道它的轮子在乡村土路的车辙上闪着大道之光
那时候只有我看见万物的脸都在闪光　我写诗并且忠诚
因此有时候造物的大匠会打开他作坊的窗户
让我看见他如何以光明陶冶万物　那一日在抚仙湖畔的尖山
　　之顶
我看见无法言喻的光辉　成就着万物的在场
一切都陶醉在荣光之中　作为花岗岩石或牛屎的荣光

作为玉溪市或澄江县的荣光　作为绿充村或海门村的荣光

作为花园或篱笆的荣光　作为亚麻或棉布的荣光

作为虾子或鲤鱼的荣光　作为凤凰或乌鸦的荣光

作为湖泊或水洼的荣光　作为歌手或盲者的荣光

作为居民或过客的荣光　作为光明或黑暗的荣光

作为我自己的荣光　在光芒万丈的环绕中

我不知道自己容光焕发　彼何人斯

那是谁呵！　脖子根火辣辣地疼

抚仙湖

原始的美　不需上帝说

凭天生的直觉即能感悟

此刻的伊甸园　就在对面天空下

秋湖一湾正深　邑人命名抚仙

舞蹈一天之后　花朵伏在沙湾下休息

夏娃和亚当躺在水中　素面朝天

晚霞落在他们身上　过去的壁橱中

鱼群霓裳羽衣　有时天堂会露出一角
当我们在世　当我们转过来　面对古老的黄昏
那时候他们坐在沙发中饮酒　空调开着
宾馆的落地窗朝着风景　独立暮色我飘飘欲仙
但要离群索居　先得穿过玻璃

2010年10月在抚仙湖

落　日

落日来了　一日将尽　我们在世界各地
说着落日　卷毛的黄金狮子　来带我们去
天空荒野　去黑暗里　去一个无主的教堂
仿佛我们是落日民族　带着孩子和女人
黄昏中我们去阳台　去屋顶　去山岗和海岸
站在窗前　世界辽阔　落日一轮　不约而同
我们建起祭坛和神庙　为它祈祷　描写它
拍摄它　画着它　赞美它　跟着疯狂的屈原
跟着盲目的荷马　跟着伟大的李白　杜甫　"落日
照大旗　马鸣风萧萧　平沙列万幕　部伍各见招"
一次次落下　一次次带来悲伤　直到我们被这
冰凉的光芒彻底接纳　不再悲伤
我们从不谈论垂死的父亲

2020 年 5 月

柑　橘

我热爱的是柑橘　黄得就像某种令人
意乱情迷的区域　每一个都可以抚摸
探测　也可以咀嚼　高高在上的
搭个梯子爬进去摘　握住　撕开皮
黏膜　肉　最深的部分到手　指头淌出
土地的汁液　并不像我估计的那么矜持

扭捏　我痛恨的是那些与我无关的乳房
像柑橘那样迷人　就在那儿　海岸上
那些挂在人群中的圆　凸出的　密封着
爱情　骄傲的黑暗拥有者　我只能尊重
隔膜是一种大海　若无其事在沙滩上揉着
那些干涩的颗粒　我不确定这是激情还是
色情　我祖母是个种柑橘的农妇

2020年12月2日

高音喇叭

那一年我十六岁　当着工人
高音喇叭一响就醒过来
每次播出两个小时　用普通话
播了一万遍　忘了　再播一遍
忘了　再播三遍　然后散会
我跟着师父去干活　我师父说昆明话
他叫我锯开一块核桃木　一直以为
它只是一块死疙瘩　一股真气冲出来
它的左脑散发着芳香　它的右脑散发着芳香
就像女人刚刚洗过头　有时候的活计
是在剪板机上分解钢板　用角尺量好线
按下开关　咔嚓一刀下去　齐齐切断
它们永远不会像脖子那样流出血来
也没有味道　我们埋头干活从不看高音喇叭

它挂在车间的高处　用铁丝绑在水泥柱子上
有时候外面跑来的麻雀会蹲在上面拉屎

2017 年

好的夏天

好的夏天　所有鲨鱼都飞在天空中
谁也没注意到　海洋挺着雪白的乳房回来
有人在钓鱼　竿比去秋更短
将要结婚的人在沙滩上拍照
拍照片的人在拍照相的人
借用了海之光和一排过去完成的礁石
捡球的少年跑过来学习　学会了实用的姿势
裸体的游泳者发现　脱到底自己依然不黑
翻一个身再翻一个身　鳗鱼看得发呆
白云解开腰带　等着即将沐浴的女神
在海的后面　肥胖的夜妇已浸入水中
人们瞟一眼大海　再次去看　再次
就像无话可说者在他人的房间一次次瞟向窗外
这是一种通常的看法　看教科书上的大海

看广告牌上的大海　看挂历上的大海
然后上路去看那个真的　他们戴着墨镜
他们需要一些意义　在好的夏天

2017 年

黑夜漫游

何小竹住在成都　苗族人的后代
一点也看不出来了　不再迷信东方鬼
西方鬼　母猪鬼　吊死鬼　老虎鬼
也不信山神　谷神　棉花神　风神
雷神　雨神　太阳神　月亮神　戴着
表　编一份电子诗刊　叫作《两只
打火机》　而不是两个鸡蛋　为什么
多出一只呢　一个打火机就可以点燃
一包烟呢　没问　寄去诗一组　（穿越了
851.55公里）　电子迷拉发一封微信来说
（那时候正流行瘟疫　洪水淹没了南方
死者没有迷拉为之跳傩　苗人巫师叫作
"迷拉"）　明天十点三十分发布　七月
十八日十点三十分　"我根本没想到　委实

没想到　事情就这样开场了"　（路易·
费迪南·塞利纳　《茫茫黑夜漫游》）
回忆黑暗的诗准时出现在手机屏上　一笔
一画无不耀眼　开天辟地就像神迹　想起
多年前有一次　我和这位主编在深夜的
高速公路迷路　他妻子驾着车　灯火稀疏
路标混乱　骂骂咧咧　总是找不到他的
新家　"我的忧愁都是些郊区的忧愁"
那时我在后座上想起王小波的同名小说
也是《茫茫黑夜漫游》　"现在是夜里
两点钟　一天最黑暗的时刻　我在给电脑
编程序　我怀念早期的 PC 机　还有 DOS
系统"　我们两点钟到家　小竹家的　为我
铺了一张僻静的单人床　我记得那张床在
角落里发亮　洁白的光　白于茫茫黑夜

2020 年 7 月 20 日

恒河集八首

恒河

恒河呵
你的大象回家的脚步声
这样沉重
跟着落日走下天空

瓦拉纳西

帝国的终端
河流赶着冰雪走下喜马拉雅山
群峰下　疯狂的狮队在撕扯平原

神在哪儿　文明不停地争辩

语言精疲力竭　青铜舌头上密布花纹

印度庙有印度庙的熔炉

清真寺有清真寺的白布

沙睡在沙子里骨头睡在石头中

哦　躺在菩提树下的又是何人

他好困　河岸上烟雾滚滚

十万香客跟着一头牛走

沐浴者与燃烧者都赤裸着

那一天我看见永恒之河穿过瓦拉纳西

我想立地成佛　也想跟着那位晾衣的赤脚妇

走进她的藕色被单

风

晾在印度平原上的棉布

有一块被风吹落到地上

那时候白云在天空赶着路

那时候恒河上有一艘帆船驶着
那时候谁家的妈妈屋檐下织着裙子
那时候洗衣妇在神殿的台阶上睡着了
她的木盆是松木做的　箍着一圈铜环

那样白哦　恒河上的船

穿过瓦拉纳西市街
首陀罗敲锣打鼓唱着歌
高举担架快快奔
埋着眼睛不看过路人
只露出蓝牙根
就像那个死掉的快乐人
自己唱着歌
人群闪开又合上　熙熙攘攘
尘土飞扬　苍蝇小跑跟上
神牛又踩碎了一个鹅蛋
唱着歌呀唱欢天喜地的歌

唱着歌呀唱悲痛欲绝的歌

死鞋匠的鞋子不见了

裹尸布下面露出十个脚指头

街坊第一次看见他的脚底板

那样白哦　恒河上的船

一场暴雨

模仿着波斯大军出现在地平线

摇着黑暗之旗　赶着疯马群

飞沙走石之间　占卜大师爬起来就跑

提着长袍　几乎摔倒在水沟里

旅游者撤回巴士　焚尸台熄灭

小贩们顶着塑料布各自小跑着找躲处

一刹那　大地上只剩下此岸的垃圾

彼岸的白沙　以及恒河

像死者们惨白的脸　洋溢着归乡之光

加尔各答城的夏天

加尔各答城的夏天
太阳滚滚出炉　看不见火焰
万物焦灼　干等着烟灭灰飞
一条大河穿堂而来　世界当机立断
抛弃了它的辎重　儿童先行
一扔弹弓跳进去了　裙子一朵朵展开
如莲花　母亲在后面跟着
壮汉们也抱着肚子一尊尊跟跄跌下
腰带长袍凌乱此岸　热不得了哥哥
我也丢弃背包　跟着印度人下水
玄奘老乡皮肤较白　有人偶然想起
戒日王时代　一下水也就忘了
水温恰到好处　适合全体包括
国王和牛虻　上岸时有人告诉我
这是恒河

落日

同一轮落日　贴近了国土
在印度斯坦平原　扶着国王古特伯·乌德·丁
始建于十四世纪的塔　同一轮落日
站在加德满都老房子后面
伺候着杜巴广场上的猴群吃晚餐
那些蛋黄色的香蕉是村姑库玛丽背来的
同一轮落日　在瓦拉纳西城邦　哦
那不是落日　那是湿婆的素冠
那是羲和女神的马车　万众顶礼膜拜
从杧果林开始　宫殿　乌鸦　三轮车辐条
寺庙中的镀金偶像　菩提树晾在河岸上的睡衣
都脱下了帽子　大地上一片闪光的头颅
同一轮落日　二〇一〇年五月六日
下午七点当我走出机舱
远远地望见　同一轮落日
在昆明巫家坝机场的铁丝网外面

在南屏街摩天大楼的玻璃中

跟着祖母们的口红

悄悄地低下头　掩起黑暗之门

阿拉伯海

推着狮身人面朝我涌来

黑暗之门忽然崩溃

雪白的盐敞开　进来吧

永恒以法老的位置邀你加入

你是你的国王　我不敢接受

我不敢朝那边再跨一步

落日　深夜　黎明

失望于世界之庸俗

大海拖着黄金之车退去

我宁愿当一个卑鄙的胆小鬼

深邃宫室的叛徒　我宁愿跟着沙子

虚度此生　神呵　大海不需要你

你要助的是我　我就在这儿
浅滩上　海水退出了我的脚印

2010—2013 年

候　机

这个时段足以渡过博斯普鲁斯海峡或者读完
《追忆似水年华》　许多生物都这样做了
十一个小时　它们在大海上冒出黑暗的头颅
想起什么又沉下去　另一次它们看见驶向月球的邮轮
而他在夜晚的候机厅换了七次座位　喝卫生间的死水
玩手机　第七次去购物　翻一本北京出版的杂志
就像在海岬下面不停地摆尾游动那么单调
他从未碰到那些千篇一律的波浪　两只手烦躁不安

2016 年 2 月

灰色的滇池

从前我听他们说到滇池总是用蔚蓝这个词
现在轮到我说　我说灰色的滇池　我不说蔚蓝的
这个色系不存在　不在这天空下　如果诚实的话
我说不出蔚蓝的　我看不见那个湖　天国的湖
我会在集市上欺骗一个骗子　我讨厌在诗歌中撒谎
是啊　这是一个上帝批准可以撒谎的领域　虚构！　虚构！
我平静地说出灰色　还要再灰一点　趋向灰黑　但不是死黑
灰也很好　只是引起的心境不同　那些蔚蓝者的心情也许是
开朗的吧
他们穿着游泳裤在木船上唱歌　我有点儿忧郁　阴影在遥远
的波浪间起伏
我的心是黑色的　中间有一条银色的拉链穿过

2015年12月3日

机场惯例

一个又一个新机场

航线比飞行员的命更长

入口统一口径　都是电子门框

通过时　人人都要举起手来

交出贴身的一切　报警器响

或不响　那只装着生死簿的黑匣子

也离开了上帝先生　十七秒

穿制服的假先知盯着监测屏细看了一眼

认定为苹果或电脑　漫长的昏睡后

一个跟着一个走出机舱　仿佛罐头肉复活

又脱去了一层皮　再次降落在纽约

肯尼迪机场　这次空港没有泊位

大巴士接去出口　穿过幽暗的玻璃门

有人小跑起来　忙着去卫生间占蹲位
像上帝那样干净　他的脚后跟上没有一粒灰

2012 年 10 月

加勒比变奏

那头野兽拖着永不耗损的毯子在天空下走着
偶尔跟着狮群转过头来　当海鸟的灵魂变蓝
有一对夫妇在沙滩上小跑　被盐巴腌过的白人
放心地进入晚年　他们真把它当作玩具
视为归宿？　那些沉默的水　他们喜怒无常的父亲
我不会像他们那样用漂亮步子去取悦那些
条纹被单方面涂改着的斑马　深怀恐惧
我听见动物园的低音隔开死亡与现世
灰色的大玻璃在第九交响中开裂
下面是祖母的脸　暴君的脸　贝多芬的脸
那个四十年前站在沙漠中呐喊的游行者的脸
安详的　宏伟的忧郁的
悲伤的　正衔着一根根白骨爬过在灰色中卷起的胃
我不能像灰鹞那样凌空而去　我在沙滩走着

不是朝大海　是朝着海岸后面那些建筑物

那些凌乱　造价不菲的度假区

有人在重症监护室注射盐水

然后含着它死去

2016年1月24日

假苹果

印度诗人瑞明的母亲上月八号
去世了　去秋他来昆明时　落叶
萧萧　出了飞机场就闷闷不乐
通信系统不同　技术时代　魔法
各霸一方　八十岁的儿子无法再问候
住在加尔各答菩提树下的母亲　后来
我递给他一个叫作苹果的手机
现代主义的线路　穿过国家之间
的空气直达土地上的妈妈
苍老的耳朵听见了瑞明的鸟鸣
在电话里说　我在织布　我们就
原谅了这个长得像冰棍的小魔鬼
原谅了它的小聪明和唯利是图

它一直在世界上滚来滚去　冒充果园

含辛茹苦　兜售假苹果

2018 年

建造房屋

昆明人在湖边选好基础避开沼泽
靠着青山挖开地面填下石头
将大树改成木材建造房子安身立命
神指示他们方向大地告诉他们图纸
这边要高那边要矮这边是水源
风暴在南面落日在西边孔雀要织布
女人好铺床他们唱着歌锯开木料
顺着它的纹理他们搭建柱子垒实墙壁
打开窗户门朝北方台阶高于荒原
他们不停地动手露出古铜色的骨头
他们搅拌泥浆挑着桶走过搭板
跟着百兽劳动就像兴奋的蜜蜂
就像年轻的大象就像老练的豹子
有捕鱼的　有做饭的　有制陶的

有铸鼎的　有接生的　有占卜的
他们在好日子上梁　飞扬的斗拱
模仿着鸟类　永远不再飞走
这也是万物所梦想的　那些柏树
那些桉树　那些马鹿　那些老虎

2018年1月24日

旧工厂

藏在山谷里　老工业的秘密档案
一群过期厂房　阴沉沉的仓库
似乎幽灵还在加班　水泥墙上露出钢筋
酷似死囚的肋骨　壁虎占领了黑开关
两行锈轨被荒草挡住　牌子上写着
此路不通　运材料的车皮停在门口
空掉的车间更崇高　像露馅的大教堂

足以饲养化石　至少得想象着伟人
那些机床曾在每个八点钟早祷
一台台亮着灯　齿轮咬紧嘴唇
铣床实施着一场场剥皮手术
戴面罩的行刑队握着乙炔枪蹲在高墙下
就像猿人在钻木取火　焊接铁与冰

灼热的白班　敲打　切割　截肢
粉碎　解构　浇铸　拧紧　淬火
组装　喷漆　吊起巨物　核对尺寸
在炉门前铲煤的锻工造像英武
模仿着掷铁饼者　他热爱唱歌

那些猛虎般的钢水　那些青春铁人
那些机械的手套　那些无产者的
白云　烟囱上站着一颗颗穷星星
黑板上留着停电通知　图纸不再锁着
神圣的劳动生产纪念碑　工具从不含糊
主要是起子　钳子　大锤　扳手
链条　剪刀　钻头和游标卡尺

沉闷的鱼雷被安装在大海的何处？
情急时刻　技术员和女电工跑到山中
野合　便秘的动物在树林里围观
乌鸫的朗读声在正午最响　很麻烦

最果断的标语也无法阻止

厕所干了　产品随风而逝
水管生锈　通洞的手套失去手指
窗口的野草硬得像箭支
大铁门再也关不紧
最后一次下班是在下雪的傍晚
大卡车运来　大卡车运走
一只翻毛皮鞋落在坑辙里
怀疑腐蚀着永恒

山民的后代补缺　帮时代守着遗物
在值班室里看电视　玩扑克　煮玉米
哦　造物主们甚至生产出抑郁症
只是无法治愈春天　那比意志更顽强的
繁荣　依旧瘸着腿　在二月底　古色古香
卷土重来　此刻　青山翠谷　骏马高原
一丛杜鹃花在幽暗的水塔下开着

2017 年 3 月 8 日

愤　怒

一家西装笔挺的公司
派来这些沉默的工人　责任
重大　负责旧房子的拆除
即将诞生庞然大物
最终的产品要明亮　坚固
焕然一新
他们普遍瘦小　贫困　营养不良
禁欲　老家在滇东北的鲁甸县
下马村　茨坝　凤凰谷　楸木园
都是种地的手　指甲乌黑
塞着去秋的沼泽　站在墙角根
弯下腰　取出一把把大锤
工具袋里唯一的旧物
他们并不恋旧　这种事必须

从上手开始　一个真理
脱掉外衣　甩开膀子奋勇敲击
就像一支藏着冲锋号的突击队
顽固的房间顷刻倒下
废墟冒着烟　他们个个肌肉
结实　愤怒此时才看出来

2018年3月21日

访弗罗斯特故居

路是对的 低缓的山岗 适于散步的小路
岔路有三条 走左边那股 别搞错
得慢慢走 砾石绊脚 还有坑 鹿在夜里
献出了粪 或者是上一个白天 雨和雪
迷惑智力的痕迹 白桦树在冬天的光芒中
向一侧稍倾 像是那些站在路旁张望班车的
人 镜片闪着光 鸟鸣是好听的 也许有点
做作 故意叫得那么嘹亮 我可不会领情
本来就该汝叫 "除了我的长镰刀对大地
沙沙的低语 它低语些什么？我自己
也搞不清楚" 那房子在树林跟前
够一个人宽敞地住 木板搭的 独栋
没有邻居 视野开阔 独坐幽篁里
弹琴复长啸 深林人不知 可以想象
月光如何秘密地为大地加水 天籁如何

统治黑暗的宇宙　诗人嘛　就该离群
索居　他可不是来这里开个会　《易
经》说"肥遁　无不利"我以为里面
必有不常见的毛笔和砚　却发现一张大床
盖着塑料布　没人　他的石膏像　在失眠
灰尘　墙上挂着三个锅子　绿冰箱　黑电炉
碗筷　自来水管　水桶和几本读物
他读了这些？　写出那些？　桌子很小
刚够摆个笔记本和一支钢笔　不小心
墨水瓶就要掉　桌前的玻璃窗可以望得
很远　可又能看见什么　此刻的远处
挂着几片白云　像是谁家晾在那儿的旧床单
没什么可写的　露水在我们到来之前就
干透了　他在这干吗　要买面包和咖啡的话
还得走到镇上　要走很远　走很久
出门得注意天气预报　不能在起风时
也不能在下雪后　这家伙会掩埋道路
令一切都失去脚印

2020 年 12 月 22 日

卡塔出它的石头

我来到卡塔出它的一处山谷
澳洲著名的旅游地　石头城堡
独立于国家　无数卵石　散布在各处
赭红色的土著　像是谁下的蛋
有很小的鸟躲在里面　总有一天会孵出来
想象着那是一种什么鸟　一面玩弄着其中的
一个　直到峡谷里有落日的脚走过来

我得决定　是不是带走　多么可爱
当它滚到一旁　突然又看出另一面就像
附近的红种居民　被太阳烤热的头像
放在书架上岂不是最好　这个石头距离我家
有六千多公里　全中国唯一的一个　我肯定

就悄悄地绕过风景区的警示牌　把它藏在背囊里
竟然难以入睡了　仿佛我带回来的是一团野火
它的身体不适应这旅馆的洗发液气味
半夜从坚壳里走出来　抱着一团热在跳舞
翻来滚去　我在琢磨　怎样将它带过海关

只是一个石头　可是为什么要带走　为什么
不是其他　宝石　羊毛脂面霜　邮票　而是
石头　我说不清楚　由于它像澳洲的土人？
因为它可以孵出翅膀？这是否会
使海关的某个麦当劳胖子　一时间
成为喜欢释义的侦探？　固执地寻找
其中的动机　把我和世界那不高明的部分
例如　一个过时的奴隶贩子　相联系？

我真喜欢这个石头　原始的造物　那么动人
这世界到处都是人造　我早已　麻木　不仁
但又恐惧着　这小小的盗窃是否会得罪
某个岩石之王　在卡塔出它的石头堆中

我一直感觉到他的威权　他不是风景区的管理者
他不收门票　沉默　隐身　但君临一切
有时　一个鬈发的土著人闪着黑眼睛
朝我诡秘地一笑　就在丛林里面蹲下去了　另一次
我猛然看见一条疤痕斑驳的蜥蜴　从树根上爬下来
像老迈的国王走过他的地毯　我吓出了一身冷汗

在澳洲　像鸵鸟那样　我怀抱着某块石头睡了一夜
它令我疑神疑鬼　天亮时　战战兢兢
我把它放回到旅馆外面的　荒原之上　那是
另一处荒原　把大地上的一个小东西
向西南方向　移动了十八公里　就这样
我偷偷摸摸地涂改了世界　的秩序
但愿我的恶作剧　不会带来灾难

2002年3月写，2012年再改

孔 雀

郊区黑暗的大堂深处有一只孔雀
开业时被经理涂上防腐剂
制成标本　隐喻富贵　欣欣向荣
饭店学会了飞翔　偷税　然后倒闭
从天空中垮下来　笙歌燕舞熄灭
人去楼空　会计室结账时
它被遗忘在灰尘里　羽毛幽蓝
眼球浑浊　保持着孔雀家族一贯的矜持
欲行又止的碎步　它不再言此意彼
站在自己的墓地里　死亡
并没有因象征的辉煌获得减免

2015 年

烂苹果

秋日的狂欢随兴结束　苹果们一个个
由红转黑　面具摘下　本来的脸失去
掉到地面　溢出赭石色的浆液正如
伦勃朗的调色盘　一塌糊涂　可以理解为
美的　喜悦的　谋生的　只是其中理由
很难说清楚　算了　你们这些热爱白桌布
的提着篮子的人　还是理解为悲剧吧
悲剧中死亡不会成为事实　苹果永远不会掉下
也可能是塞尚的调色盘　他就跟在伦勃朗后面
蹲在树下翻着另一堆　辨识着哪一个还可以吃
没看见他　我们肆无忌惮在果园里走
踩中烂苹果　有人滑倒

2017 年

老　井

那口井他们不再信了　龙王的动向　自古
搞不定　干脆封掉用铁栅盖住　以防不晓事
的儿童　再次失足　晚霞在黄昏散去
每一家都安装了水表　灰溜溜的铁管子好长
穿过墙壁消失在厨房里　镜子多么安静
它不作怪　是我们自作多情　面对这深渊
总是紧张　害怕　自省　就想取下面具——
这个乌有之壳　看看自己的真相
（有个美丽的姐姐终于忍不住　跳进去了　裙子
洞开　满脸是羞涩的水泡）　谁的岩石教堂
幽暗的忏悔室　陷落在结着黄金的枇杷树下
朝白云独自袒露着谜底　少年时我常常喝
绳子疙疙瘩瘩　终于提上来一桶　低头就饮
含着这口其义不明的水　总是担心马上长出

癞蛤蟆的玻璃眼　变成天赐的妖怪　没有
夏天顷刻凉下来　我想唱一支献给它的
感恩之歌　词语还达不到　在教室我从未
想过　有时候扔石子去逗逗它　笑啥哦
恶作剧的笑声　在地心　像是被合唱团
抓破的声带　灰唱片永不沉底　地下的天堂里
有一个清澈房间　我的童话书里　老法师掌管着
它的窖藏　施洗过多少座森林　晚宴　茶
布和碗　君子之交淡如水　绳子一根根
磨断　桶一次次拎上来　盛着黑暗的骨头汤
冬天到来　秋天走开　大人们受贿似地挽着
湿漉漉的绳子　又取走了一桶　期待着
下一桶提上来　今生就会得胜　圆满　从不
愧疚　背影歪斜得就像再次得手的小偷　只是
水　还是水　巷口的市井之神呵　夏天之夜
左邻右舍围着它乘凉　在井边洗澡的是那些
下凡的人　他们在月光下朝自己的背倾洒着
梅花　灰唱片永不沉底　也不歌唱　外祖母
不准我走近　它会吃掉你！　无人时赶紧溜

过去　姿势有点像一头麋鹿　为了得到一口
它们会在奔跑中突然停下折起前蹄　裤管
湿漉漉　膝头硌得生疼　将脑袋朝向淹死鬼
挂着青苔黏液的长喉咙　等着它大叫一声
哎　我好想作奸犯科　你会不会向老师告密？
后来我把星星一颗颗放进去　揩着腮帮上的
水渍　我听见大地下面传来下课的钟声

2016年9月1日

流　星

一次在撒尼人地方
我们在星夜穿过平坝上的田野
有时候传来狗叫声和模糊不清的片语只言
也许是收玉米棒子的村民留下的
暮色中我曾看见他们背着麻袋
口子上露出黄金之色　一言不发走向落日
赵凡走在我后面　忽然说出一句
"我看见流星了！"　他高我一头
年轻　英俊　毕业论文刚刚完成
那时我在担心找不到回去的路
没注意天空中　那么多星子
就像刚刚剥下来的玉米粒
"我看见流星了。"　他又说了一遍
庄严　发誓　听得出暗淡的句号

似乎在要求整个世界都注意他的话
似乎自上学以来　一直等待的就是
这一句的说出　"我看见流星了……"
这一次声音轻些　似乎他已经加入
排进那永恒的行列中　我回头看见那颗陨星
已落在他眼镜后面黑暗的山谷
比玉米子稍亮

2014年4月5日

轮　回

他们走了　取出门卡
将那张苍老的床留在那里
将那个小卫生间留在那里
那些剩下的洗发液　那些纸
那些牙刷和毛巾　那个缠着头发的
下水管　那个白色的抽水马桶
留在那里　将那对枕头留在那里
有点乱　整理了一下　用被子蒙住
就像护士包裹了尸体　别人将要进来
继续做他们做过的事　或者不做
房间里有一台电视机　他们不曾打开

2016 年

罗斯科

他从来没用过那些油漆

那种青油漆　蓝油漆　黄油漆

灰油漆　他不想改变表面

他崇拜大海肉乎乎的肚子

他喜欢他裸体中的夜色

他守卫着他的胎记　他的黑

他的灰　他的黄　他的绿

他的油脂　他的云和马桶盖

他不想去清洁公司服役

但乌鸦永远在涂抹墙壁

它们冷冷地搜索着天空

被捕的云跟着黑暗一块块倒下

事物生死未卜　抹去那件古董上的

包浆只需要一桶除锈剂

罗斯科先生被迫代表蓝色
他朝患着抑郁症的天空高举刷子

2016 年

麦德林

麦德林在哥伦比亚
麦德林的公路上有许多坑
在旅游手册上　麦德林臭名昭著
我被麦德林诗歌节派去一个社区朗诵诗
来了很多祖母　媳妇和棕色姑娘
她们听不懂汉语　有人在下面逗着小孩
有人在织毛线　他们都在玩
我台子上念着那种叫作诗的东西
她们听不懂　一棵桉树在风里低吟
一只鹰飞进了麦德林　毒枭们站在教堂门口
抽着烟卷儿　他们是些长得像诗人的家伙
瞧　那个毒贩　穿的衬衣与我的一样
蓝色格子　短袖

2016 年

猫之光

五月的最后一个下午我在写诗
玫瑰完成　花园完成　风在结尾
某位不速之客顺楼梯扶手溜下来
就不见了　还以为是猫的单杠练习
看走眼啦　我没养猫　某位迈着猫步的
来了　叼着那一行　但没有门齿　胡须
以及动物学所称的水晶瞳孔　没有第九条命
所必需的封印　（一张虎族批准的脸）
我家也没有老鼠和鱼　没有警察局
为假释犯设的洗手间　或教堂为迟到者
开启的侧门　也不是宇宙　一行一行涂改着
欲罢不能　直到黑屏　我曾经为老鹰文胸
与狮子谈经论道　在孔雀的腰上取出陨石
都是一次性的　这下失手了　唉

狡黠的暹罗或者缅因猫　它肯定带来了鲸鱼
在某词后面！　却不露一点点狐狸尾巴
它是在何处学会的这种偷鱼姿势　猫着
缎子般的腰并吐出闪电才会的那种蛇舞
不伦不类　在万物之间留下踪迹而不带一丝
肉身　轻灵　温顺　淫冶　邪恶而诡秘
仿佛可以收养

2012 年 11 月 30 日写
2013 年 3 月 19 日改定

毛线团

父亲在一边看着　读着那份《春城晚报》
在家里他很少动手　何况绕毛线这种芝麻事
我是长子　得帮她　傻子似的张着两只手
一排线在母与子之间抖动　仿佛要将曾经
切断的脐带　再联系起来　柔软的捕兽器
伸出五指　要绕出一个毛线团　她叫作围巾
毛衣　手套　不信任现成的　自己上手
母亲的线索之难解　不亚于数学题
苹果大小　红的　绿的　黄的　橘色的
黑暗如夜的　那团灰色的雾中藏着我的
鸟巢　她还不老　美妇人　总是干老态
龙钟之事　学外祖母　（她睡得最早）
她知道许多迷阵　绕来绕去　从这个圈
钻进去　从那个套退出来　有些扣是假的

通向死结　那个结不能解　解开就断
和解藏在另一个线头里　柳暗不见得花
就明　曲径没有通幽　她的游戏复杂而深奥
对我毫无意义　妹妹又哭了一次　弟弟又
钻进了床底下　那时候我还没有长大
我不喜欢绕　我只想直线前进　梦想着一把
大剪刀　毛线团　无聊的童话故事　儿子的
苦役　又是一次天黑　有些动物在门外面
挤着　喊我出去捉迷藏　但是母亲的毛线
很长　一团又一团　困不住她的手

2017 年

梦中树

一棵银杏树在我梦中生长

我为它保管水井　保管雨　保管蓝天

保管树枝和那些穿黑衫的老乌鸦

保管着午后拖在河畔的阴影

我是秘密的保管员　虚无的仓库

事物的起源储存在我的梦中

如果一所文庙要重新奠基

我能在黎明前献出土地

我在白日梦里为大地保管着一棵真正的树

就像平原上的乡亲　在地窖里藏起游击队长

为它继续四季　哦　那万物梦寐以求的故乡

原始的时间　不会失眠的国度　它是它自己的君王

它是它自己的光　它是它自己的至高无上

自由舒展　光明正大　地老天荒

那些念珠般的白果　那些回归黄金的树叶
当秋日来临　光辉之殿照亮条条大道
世界的伐木者永不知道
还有最后一棵树　树中之树
在水泥浇灌的不毛之邦
后皇嘉树　橘徕服兮
我是它幽暗的福祉

2012年6月18日

某夜，从美国诗人罗恩的农场离开

清场的时候到了　几颗星催我们离开

带着游泳裤　桨　毯子和担忧　归途在模糊

转弯后遇到初升之月　微明带给我们一个新的岸

这是罗恩的森林　佛蒙特州的法律裁定这三十英亩属于他

土地证如获至宝　风景不请自来　就在他的辖区内

他也一样　为领土的扩张而窃喜　穿过明晃晃的草地

在灰暗树林的边缘迷路　自家地球上的外星人

哼着古英格兰的强盗之歌　瞧吧后面

那条月光仿造的大船又卸下了宝石

我们并未致谢

2015 年

致病危中的美国诗人肯沃德

我没见过你
我只是跟着别人路过你的屋子
经过你的湖　看见你的森林
你的鞋　你的门旧了　那是晚秋
有只鸟在山岗中叫唤　我从未看到它
我听见一棵树在风中折断
那人说　有位诗人在睡午觉

2015 年

南 诏

1

八世纪时　云南是皮逻阁统治
宫室建造在苍山下　一块石头
又一块石头　更大的石头
他母亲不关心政治　率领着妇女们
纺织土布　集市上也可见到
那些树根　那些金子　那些谷子　那些布
那时候唐朝很遥远　白云飞过一个个春天

2

南诏的马匹自巍山城出发
澜沧江的静脉是棕红色的
起义的野人

3

苍山是一群巨大的犀牛　有十九个脊背
在采石场　我发现它的骨骼　花纹与
白族妇人的布匹相似　只是力度不同
石匠们用铁镐采　模仿猛虎的牙齿
妇人模仿流水　一百双明眸
自马龙峰的腰间泻下

4

我听说王埋掉黄金　象群放牧在洱海西侧
四顾　秋天　大野　那些英雄　那些布
那些晚于中原的落日　那些明月之眸
那些停在高山中的大象　我听说王正当壮年
美女如云　劈断宝剑如柴　抛弃江山
在黑暗里跳舞　留下唯一的尘埃——
这个出家人喜欢暗藏在石头里的梅花

5

我来到马龙峰下
苍鹰在森林边沿上飞
像是一位装饰着羽毛的巫师
沿着大雄宝殿的台阶拾级而上

6

直到明月之王登堂入室
十九峰黑压压地伏下
苍山取下面具　高原混沌整一
不分彼此　那时候我看见清溪穿过山谷
一棵松树在月光下洗脚

7

寺院里住着印度人
大象就拴在门外　夜夜
在春色和光之间　王取舍两难
夜夜　那个巫师站在溪流里
望着浩瀚星空　他不是康德
他一生都没有悲伤
他自编无词的歌谣传世

然后忘记

8

声名显赫　威仪棣棣
云南总督阮元曾登上苍山
寻找石头　抵达高处又下来
他不是西西弗斯　那块石头被带回书房
打磨出造物主典藏在黑暗中的花纹
充实之谓美　匿名于此　文人心

9

1985年　大学毕业生吕二荣
到建筑设计院上班　领导
交给的第一个任务是　设计一个
预算几千元的碑亭　完工后

就干大工程去了　一去不返

小亭子摹仿唐朝样式　在苍山下

守护着一块碑　（南诏德化碑）

"高原为稻黍之田　疏决陂池

下隰树　园林之业　易贫成富

徙有之无　家饶五亩之桑　国贮

九年之廪　荡秽之恩　屡沾蠢动

珍帛之惠　遍及耆年　设险防非

凭隘起坚城之固……"　以免它

继续风吹雨淋　（且记在这里）

2017—2021年

农历七月十五致亡友们

雨夜　秋天　想着从前的朋友
许多人已成鬼魅　想象不出他们
怎样在死亡中继续喝酒　甩着袖子
走过模糊的斑马线　像一朵朵迷路的云
只记得那些深刻的眼眶　那些圆鼻子
厚嘴唇　那些个子　海生偶尔会结巴
当女子美丽时　个个都在昆明城　当了
一辈子的好人　陈实　费嘉　大朱
王爱健　杨昆　范赤星　他父亲和我父亲
是同事（有一次他半夜敲门　说是睡不着）
娜　波　丽萍　瓜　裘和金　还好吗　多年
不见　还在手牵着手逛街？　你们这些
总是待在老家的土狗　这场雨如何　凉不凉？
老大是否已经转世　当了营长？　"猫"还在吗？

胃如何？　火柴盒又遗落在哪个酒吧？　多年前
我们一道去工厂上班　骑着单车　工种不同
从不巴结小组长　穿着翻毛皮鞋和背带裤
戴着油污手套　都见过夜空下面　烟囱
喷着好玩的火星　那本小说曾在地下传阅
掉了十九页　结局一直在猜　李走了　去长安
苏被捕　押在二监　杜远游楚　陈埋在纽约
的教堂后面　生命中的大部分可能性
我们从未尝试　那些流星令我们羡慕一生
守着这青山　这湖　这永远在等着地震的房屋
日复一日的暮　这些暮色中的蝙蝠　这棵发疯的
枇杷树　它总是在秋天结果　——只是为了
待在一起　喝一种杨林县酿的酒　秘方包括
大枣　丁香和肥肉　浆液是绿色的（停产了）
不幸掷中骰子　鄙人不幸成为那个拎着铲子
在上面培土的家伙　唉　再没有去处
再没有可以随便敲的死党门　睡吧　好好睡
亲爱的亡灵　我会趁着雨水充沛　培些新土
就要晴了　看见吗　树梢上出来一小片蓝天

乌鸦还在老地方歌唱　还是那么快乐　有时候
我会犹豫不决　抽一支烟卷儿　犹豫着是否就此
放弃各位

2017年10月6日

献给桉树

从前　我以为我必有时间停下
仔细地端详这棵桉树　对着那身皮瘤
核对我学到的桃金娘科知识
握住她胸前的干疙瘩　就像握住
被爱之烈焰烧毁的乳房　哦
贴着那光滑的腹区　我听得见
青色的溪水在黑暗的胴体中流淌
我的赤条条地沐浴在光辉中的女人
不必在幕后揣摩面具的深度
不必背诵恋人絮语　没有背叛谁
也非情投意合的归顺
我的手敞开着灿烂的色情
是的　我有时间　我还有时间
只要停下来　就可拥有我的爱人

没有心　没有灵魂　没有情绪　没有意志
也不会扭捏作态　我可以与它最纯粹
肉麻地交合　没有一丝念头挡在我们之间
谁将指路牌钉在它的腰上？　向后三米　右边
但我从未停下　从未　我从未在一棵桉树前停下
哦　那么多丰满的塔　那么多的臂弯和颤抖
那么多的丰腴之腿　那么多的嘴唇和沦陷
那么多的如胶似漆　那么多的闪电
掀开你的耻骨　抱你　摸你　亲吻你
让我的舌头和膝盖流血　砍伐你
糟蹋你　亵渎你　蹂躏你　撅断你
在肉体的龙卷风中作奸犯科　颠鸾倒凤
啊　桉树　把我烧掉！　把我的干柴烧掉！
有一日祖母带我去捡桉果　大地在旋转
她说　就她吧　你的女人要能结子
那样坚贞的守候　那样的静谧的消极
那样茂盛的淫荡　那棵黄金之树　一直属于我
但我从未停下　从未　虚度光阴　辜负至爱
一生都在应征死亡　铁铸的下水道在洪流中召唤

我追求冠军的伟大　哦　人生如梦　我从未停下
从未在一棵桉树旁停下　那些比目鱼般的美树叶啊
古老的头发含着芳香　起风前总是垂向地面
有时候它们黯淡无光　呈现为墨绿

2014 年

女　孩

有些事是无色的

改变着

生命之色

童年一天

天空很蓝

一只乌鸦变得乌黑

鸟瞰着白云

等着显影

父亲带着我走进华山西路

"艳芬"照相馆

交给一位穿灰大褂的国王

（摄影师）

周身散发着化学味

严肃的负责的大人

将我抱上高脚椅

摆布起来

拉拉袖子

手背朝上

调整摄影灯

"不要动！"

苍白　吊着腿

不会说话不会动

羞愧　想哭　母亲不在

"嘴巴张开一点！"

"头向左斜一点！"

"不准眨眼！"

"笑一笑！"

"正视前方！"

"要看起来像你本人"

这道命令我没执行

父亲在一旁站着

手插在裤袋里

就像一位视察员

最后　魔术师取出一根胶皮绳
牵着那匹蒙着黑布的木马
它有一只独眼
(仙娜 Sinar 牌大画幅照相机
瑞士制造)
挤了一下末端的皮球
(快门)
有事发生了
世界安静了一秒钟
"好了,下来吧,
小孩儿!"
一颗头还在我头上
摸了摸
出了点汗
那一天
穿一身新衣裳
我照了相
池塘生春草
园柳变鸣禽

"星期三来取。"

晚年我在照相簿里发现他

黑白的小儿子

与我同名同姓

穿着短裙　抱着个布娃娃

他妈妈本希望

他是个女孩

2019 年

帕金森

八十九岁的母亲　患着帕金森病
一种罕见的美　神经系统衰退　行动迟缓
姿态不再平衡　服从身体的召唤令她
更自然　手不停地颤抖就像一棵向死而生
的桉树在风中　朝日落　乌鸦　墓园致敬
美总是在垂死的坍塌中高贵　她不能
再购物了　不会用手机付款　超市嘲笑
老妇人　摒弃了那些被小说用腻的镍币
有个遥远的夏天　其中一枚在酒馆的
脏桌子上跳了一阵芭蕾　然后掉进一道
榆木缝里　酒鬼们埋头找了一个下午
契诃夫很懊丧　如果这家什还在　积蓄
也应该还在　大道上灰尘滚滚　世界崇拜
进步　拆迁　多少邪恶的细节在故乡失踪了

其中一个还藏着少年攒下的零用钱　穷母亲
的角票永远皱巴巴美滋滋　她递给我一张
我就飞起来　我是一只有钱的金翅鸟呵
真理总是在欺负患着帕金森病的美　如果
有良心　它会不会为自己的健在内疚？

2019 年

阿拉斯加之犬

邻居的铁笼里关着一头白色的阿拉斯加犬
当它嚎叫时　艾伦·金斯堡正在地下沉睡
它在旧金山没有书店　也不是来自阿拉斯加
不是纯种　中产阶级一直在照着自己的罗圈腿
改良它　驯化它　将它修改成贵戚　明星　小丑
已经油光水滑　俯首帖耳　就像那些刚刚通过
论文答辩的博士　从背后看　一个秃顶的侏儒
臃肿　富态　毛被梳子刮过　我一直轻视这宠物
那个下午阳光明亮　突然传来长嗥之声　猝不
及防　回来了　那头狼　一个满腹邪说的罪犯
令人害怕　悲伤之声响彻停车场　超市　值班室
和刚刚修竣的草坪　悬在空中的荒野　黑暗　凄厉
煽动　宣扬　说教　朝着一头想象中的母狼求爱
像骑士　像此地罕见的诗人　像艾伦·金斯堡

在空荡荡的健身房里失声痛哭提着短裤
小区愣住捂住急速升温的私处　听着这鞭击之声
等着下一声再一声　又一声　又一声　仿佛有了
转机　仿佛这就是它统治过的阿拉斯加　仿佛这
就是基地外面开着铃兰的空地　仿佛那些小汽车
都是丘陵　仿佛汽油箱里　暗藏着阴郁潮湿的沼泽
仿佛春天正衔着一具雪橇的残骨走出冬日的加油站
仿佛我们得原路返转去找回遗失的角　重新为配种
而决斗　为了做到声嘶力竭　为了赢得那场永不兑现
的交配　它起身在笼子里屈尊站着　歪着头　龇着牙齿
它的重伤从未痊愈　仅此处完美　它勃起　在四月
一天中午　当太阳照耀地球　白云飞渡　看不见荒野
有位园丁扛着一卷黑水管在水泥地上走着

2016年2月11日

那时我抬起头来……

那时我抬起头来　从一本死去的日记和它的语词中
灰色的船队正驶过头顶的大海　后面跟着肥胖的花朵
一群梦被风擦去　一些瓷器的脸被衰老的阳光修复
考古队在云端抓获一群白发酋长　他们衔着刚出炉的文字
我抬起头来　下午五点十分　秋天的钟在花园深处摆动
女儿赤脚走在云端　一团光影爬上松树梢占据了猿猴的位置
一片树叶撑开降落伞迟疑着要不要从那架绿色的飞机上跳下来
那时我抬起头来　黄昏在湖上揩擦着一面大镜子
当我抬起头来　看见那死去的一日　外祖母在厨房里淘米
她年轻的面庞就像书上的仙女　案板上有一堆切成片的白萝卜
那时我抬起头来　看见万物复活神派我来说出这些
用地上的语言　说谎的方式

2012 年 12 月

越窑帝国

古代有一种帝国没有君主　没有大臣
不使用武力　不会腐败　不会发生霍乱
美丽的僭主　永远不会失去江山
靠的是　上手　帝国缔造者是些无名陶匠
只知道执政者们或年轻英俊　或老态龙钟
于每个黎明撸起袖子　"重试补天手"
泥巴在烈火中烧三天三夜　转世成为
一个碗或钵　或　"田纳西的坛子"
"九秋风露越窑开　夺得千峰翠色来"
"充实之谓美"　我们自古拥戴它的
统治　诚惶诚恐　感激涕零　饮水
喝酒　吃饭　插花　像那些臣服于草原的
马匹　皈依青山的白云　明月下心怀爱情
的美人　在林间空地赞美着冬天的积雪

宅兹中国　没有什么比一件瓷器
被失手打碎更贵重　更令人伤心

2018年1月10日

晴

1940年10月22日　晴

德国　巴登州　以下数据用钢笔登记在册

上午有10名犹太人自杀

古斯塔夫·以色列·列弗和他的妻子

萨拉·列弗 煤气自杀

64岁的克拉拉·绍尔夫和她54岁的弟弟

奥托·以色列·施特拉斯61岁　煤气自杀

奥尔加·萨拉·施特劳斯61岁　安眠药自杀

燕妮·萨拉·德雷福斯47岁　安眠药自杀

那内特·萨拉·费伊特勒73岁

在浴室门梁上吊自杀

阿尔弗雷德·以色列·博登海默69岁

安眠药自杀

在布兰卡·所罗门家找到 9 只母鸡

4 只公鸡 1 只鹅

萨拉·迈耶家找到 10 只母鸡和 3 只公鸡

阿尔伯特·以色列·福格尔家找到 4 只母鸡

萨拉·维尔家找到 3 只母鸡和 1 只公鸡

莫利兹·迈耶家有 1 只德国牧羊犬

寡妇索菲·赫尔茨和卡洛琳·奥被登记在册的有

2 枚金质勋章　1 条镀金腕表链

1 枚镀金胸针　3 枚金戒指

7 枚外国铜币　6 把银质餐刀

7 把银质咖啡匙

以上数据后来被一位作者登记在

关于犹太人历史的著作中

又被翻译成汉语出版

大 32K　印在 189 页

由手写转成了印刷体

我在扉页上记下购买日期

一开始钢笔写不出来

甩了几下　凑到嘴边呵几口
墨水出来了　我极力将字迹写得
规整　清楚无误：
购于2013年5月14日
晴

2015年3月18日改

筇竹寺记

一天　筇竹寺在山冈中午睡　挨着松
无人念经　朱红色的小寺院　门口有一对
石象　一对狮子　孔雀杉活到了七百年
柏树八百年　唐梅千年　那盆牡丹　十年
历代住持的舍利塔在后院　藏着不朽之骨
僧舍是一排平房　某人的素衣晾在走廊里
三点钟就不再滴水　到黄昏可再穿　桂花
游击队偶尔来袭　白猫黑猫都不为所动
它们的路线是另一条　天空　水井　菩提树
夕阳　月夜　夏天满地阴影　有银杏树的　有
玉兰的　有月季的　有山茶的　有人选择信
有人选择有求时进来烧一炷香　偏殿里没有灯
五百罗汉待在黑暗里　栩栩如生　像是希腊人
的作品　用的是山泥和稻草　匠人叫作黎广修

徒弟是个哑巴　师徒们上手时　世界还是清朝
穿亚麻布衣　吃麻油面　在悬崖下沐浴　水
从石头中流出来　流过石头　流过他们的赤足
山门往下走两公里是昆明城　夜夜灯火辉煌
多少人的家乡　有一家漆黑的茶馆　他们赶街时
会去坐坐　偶尔　鸟鸣会揭开树林　总是要暂停
谛听　忘记　布谷鸟最容易识别　世上许多地
我仅去一次　这里经常来　尤其是秋天　雨后
竹林中藏着一个布满苍苔的厕所　雨痕　壁虎　虫
冯老师也喜欢筇竹寺　他告诉我们　"这些罗汉
里面必有一个像你　慢慢找吧"　（他没透露自己
像哪一个　教着小学政治　孝子　唯一的嗜好是
唱戏）　有时候能看见一窝云　蹲在琉璃瓦上
像是跪在释座面前的蒲团　又像是失踪多年的印度
芒鞋　恒河乘着洁白的天空之车　再看就不见
是实相者　即是非相　若有色　若无色　下山路
很陡　天黑时　我们还高一脚　低一脚在路上
唱着歌　被薜荔兮带女萝　既含睇兮又宜笑

2020年4月9日改

秋 飔

打桩机歇了　松弛的钢丝绳还在晃动
就像附近那些将被根除的树林
死亡早已濒临　它们依然应和着风
悲伤的琴弦　簌簌抖去工地强加给它们的灰
那台机器延续的是战争时代的陈旧思路
笨重　固执　冷漠　一揿扳机就志在必得
这阵秋飔令这台重型机械与世界的关系
缓和了一点点　摇篮般地轻微　小心
仿佛从自然习得

2015 年 3 月 13 日

六月十二日于云南师范大学与同学在一棵树下晚餐

暴风雨来时我们正在一棵女贞树下晚餐
是我的主意　根据某种理论　我们移位
教室不是吃饭的地方　试卷从未触及这个真理
将米饭和煎过的土豆摆在石头上　鸡蛋在番茄中
从食堂打来的饭菜现在成了祭品　筷子变得神圣
我们没有在房间里　没有在码头　没有在剧院
奇妙的一天　我们没有在桌子上吃饭　我们在
女贞树下　跟着蚂蚁　松毛和黄昏之光　回到万物
加入它们一直在的那里　石头在山上　老虎在林间
向日葵在南方的山下　女贞树的旁边是发福的玉兰树
它不喜欢夏天　任何移动都没能令它们离开　即使拆迁
的先锋队已经抵达星际　元亨利贞　万物一次次回到原籍
黑天鹅回到湖面　胡先生回到第一章　年迈的李老师准备
嫁人　游泳池的波浪回到平静　图书馆在逃跑前及时地

撕碎自己回到黑暗的封面　月光下没有字　我们在女贞树下集体加入落叶　崇拜大地的强大民族　暴风雨　是那样迷人在闪电和乱风中滚滚而至　不是要改变而是来复原　就像芭蕾舞团在换鞋　我们的脚同样轻盈　手也抬起来了　裙子和T恤都在飘扬虽然笨拙　泥浆令我们害怕　感冒令我们担忧伞令我们自私或宽阔起来　那种湿透的命运从未改变　万物的命运　哲学系也湿透了　即使有人即将在秋天毕业　前途无量　即使下个月我就要退休　雨停时我们重新归位　老师还是老师　同学还是同学　君君　臣臣　父父　子子　庸俗者依旧庸俗　吝啬者依旧吝啬　孤独者依旧孤独　光荣者依旧光荣　天空不老　湛蓝也是它自古的责任

2018年6月18日

秋天的尤利西斯

1922年晚秋　在波士顿
检察长的判决下达后
工作人员将整个秋天积攒的
近500本《尤利西斯》
依据1876《海关联合法令》
第42条　淫秽罪　堆积在一起
用小车推进地下室
昏暗的走廊　炉膛如同墓穴
悲伤之书在黑色炉子前排成一排
工作人员打开圆形铸铁灶门
将乔伊斯的书抛进炉膛
七年的写作　精神生活
"过得很糟糕
指头老是在痛

睡眠和饮食都很差

在莎士比亚书店晕倒

多颗牙齿脓肿

将眼睛泡在大量的眼药水中

冷敷完

盯着床脚的铜把手

这是他唯一可以看到的

微弱光芒"

"数月的修改和排版

数周的印刷

以及数小时的打包和运输

在几秒内化为灰烬

纸张燃烧起来

比煤还要明亮"

煮一顿饭都不够

工作人员烧完了这堆柴

下班,回家去了

"把你那块鼻涕布借咱使一下。

擦擦剃胡刀。"

他们说话的方式与
勃克·穆利根一样
动作也是：
"斯蒂芬听任他拽出那条
皱巴巴的脏手绢
捏着一角
把它抖落开来"

2020 年 5 月

日喀则的手谈者

站在日喀则城的集市中间
双方的手都伸在棉布袖筒里
看不见文字　听不见说话
他们谈了很久　两个男子
拉扯着　膨胀　又缩回
再次扯紧　像是一种害羞的劳动
不让世界看见它的收获
当手指——从黑暗的袖套里抽回
我看见黄金被取出　镍币在清点
茶叶和盐巴在落日下驮上马匹
黑獒默默地跟着陌生人前往他乡
还有更辽阔的变化　土地易主
在另一个春天　荞麦秆子换成苹果树
无人知道那一日　他们在光天化日下

磋商过什么　集市人来人往　由于琢磨
太久　他们的手抽回来时已经发白
像寺院揉皱的羊皮纸

2014 年 3 月 7 日

尚义街 6 号

尚义街 6 号

法国式的黄房子

老吴的裤子晾在二楼

喊一声　胯下就钻出戴眼镜的脑袋

隔壁的厕所

天天清早排着长队

我们往往在黄昏光临

打开烟盒　打开嘴巴　打开灯

墙上钉着于坚的画

许多人不以为然

他们只认识凡·高

老卡的衬衣　揉成一团抹布

我们用它拭手上的果汁

他在翻一本黄书

后来他恋爱了

常常双双来临

在这里吵架,在这里调情

有一天他们宣告分手

朋友们一阵轻松　很高兴

次日送来结婚请柬

大家也衣冠楚楚　前去赴宴

桌上总是摊开朱小羊的手稿

那些字乱七八糟

这个杂种警察一样盯牢我们

面对那双红丝丝的眼睛

我们只好说得朦胧

像一首时髦的诗

李勃的拖鞋压着费嘉的皮鞋

他已经成名了　有一本蓝皮会员证

他常常躺在上边

告诉我们应当怎样穿袜子

怎样撒尿　怎样洗短裤

怎样炒白菜　怎样睡觉　等等

八二年他从北京回来

外衣比过去深沉

讲文坛内幕

口气像作协主席

茶水是老吴的　电表是老吴的

地板是老吴的　邻居是老吴的

女朋友是老吴的　胃舒平是老吴的

口痰烟头空气朋友　那只猫　是老吴的

此君的笔躲在抽屉里　很少露面

没有妓女的城市

童男子们老练地谈着女人

偶尔有裙子们进来

大家就扣好纽扣子

那年纪我们都渴望钻进一条

又不肯弯下腰去

于坚还没成名　每回都被教训

一张旧报纸上　他写下

意味深长的笔名

有一人大家都很害怕

他在某某处工作
"他来是别有用心的,
什么也不要讲　不要讲!"
有些日子天气不好
生活中经常倒霉
我们就攻击费嘉的近作
称朱小羊为大师
后来这只羊摸摸钱包
支支吾吾　闪烁其辞
八张嘴马上笑嘻嘻地站起
那是智慧的年代
许多谈话如果录音
可以出一本名著
那是热闹的年代
许多脸都在这里出现
今天你去城里问问
他们都大名鼎鼎
外面下着小雨
我们来到街上
空荡荡的大厕所

第一回独自使用
一些人结婚了
一些人成名了
一些人要到西部
老吴也要去!
大家骂他硬充汉子
心中惶惶不安
吴文光　你走了
今晚我去哪里混饭
恩恩怨怨　吵吵嚷嚷
大家终于走散
剩下一块空地板
像一张划破的唱片
再也不响　在别处
我们常常提到尚义街六号
说是很多年后的一天
孩子们要来参观

1984 年 6 月作
2019 年改

舍利子

折腾一夜或者千年　鬼知道
这些颗粒终于从那场飞沙走石的飓风中
（许多树横死于挺拔或张牙舞爪）　旁逸
穿越玻璃窗的缝逃进我的房间　床头柜上停着
几粒沙子　摆脱了岩石大袍　撒哈拉前科
一粒粒裸露于黎明　宏大的主题　关于制度
种族　运动　细节被磨砺到这么小
得用显微镜才能发现那些千锤百炼的九死一生
沙数可数　就像往昔那些秃顶的高僧　就像
盐或舍利子　它们都恰如其分　微不足道
皈依般地雷同

2017 年

负　鼠

有一年我们驾车穿过阿巴拉契亚高原
后排空着　一只刚落地的箱子自个儿待在
黑暗里　方向盘在暮色中等着转下一个弯
谈着国家的逸事　以缓解旅途的沉闷　我刚刚到
关心着货币兑换率　世界通行的客套很快就
用完了　突然发光的道路指示牌是那么吝啬
安静得有个铺垫　像是我们已知根知底　天黑透
除了车灯扫射出的预定路线　再也看不出什么
可以指点的实物　终于找出一句话　要高深莫测
一般都这么问　"您是否信上帝？"　与树木的
观点一致　星空　水　土地　根　万物有灵
我们不约而同都信这些　怀疑这辆轿车　虽然
买过保险　买过吗？　说到这里有个停顿
仿佛是在握手　真想再握一下　第一次握

太冰凉了　车速未减　路面继续退去　转过弯
突然踩了一脚刹车　似乎被我们谈论的某个点
撞了一下　有个灰东西横穿了公路　我没看清
他说那是一只"负鼠"　说出这个词之际
已将它翻成了汉语　我听说这个名字　是在
很多年前　一堂地理课　"一种原始低等的
哺乳动物"　我那地方没有 Possum　所以我一直
记得　这个词带来了沉默　就像它一直做的那样

2019 年

事件：麻烦

早晨穿过草地时一再被某些东西挡住
管辖者不欢迎闯入　但不说
只是弄湿你的裤腿　剐手　扯脚
藏在牡荆中的剑差点儿戳着眼珠
几乎滑倒　寸步难行令人犹豫
离池塘还有一段路呢　对付不了这多麻烦
妥协　改走一条宽敞些的　有人先到了
站在齐腰深的水里　穿着橡胶裤子
抬着竿　一根线扯得紧绷绷的
湖水脸色青紫　瑟瑟发抖　它藏着什么
——这儿都是鳟鱼　这是另一个麻烦
意味着谁的餐桌更宽　好吧
再来试试运气　总不会都上他的钩
再次　将鱼线抛向那个古老的谜团

红漂子被无声的唱片运转着　这种语言
真是笨拙　色情贫乏的勾引家　企图用
死饵　引诱一张不通世事的小嘴　歌唱
它咬住的话　我们就毫不留情起竿
是不是行刑队？　历史上有过更体面的
谋杀　此举只是从水里挑出几根刺
灵光一闪的小忏悔　令人心烦
常常被深居简出者捉弄　上钩啦　心跳
以为这回逮住了最大的　志在必得的起重机
瞬间被大地的吨位摧毁　钩子断了　线断了
一切都断了　令人郁闷　开始下一个希望真费劲
要重新做局　拴钩　上诱饵　学着那些老练的
骗子　世上有那么多钩　那么多网　那么多笼子
上帝的鱼一条也没少　只是将正派人的良心
再次磨损　隔壁那位又缴获一条　眼红　心悸
仇视　卑鄙地朝得逞者的领土靠　谁也不承认
在这宁静的野外超凡脱俗　很难　小心眼永远
左右我们　再次一扯　鳟鱼来了——有个
活蹦乱跳的在挣扎　突然失联　从有到无

只是一刹那　多么吝啬　那根线像早泄的烟
在灰色的屋顶浮着　作案者是谁?　一次次
解脱倒挂刺的是怎样的手　谁也没见过
在你失败时　风景总是那么秀丽　那么朴实
罪行未遂的一日　空手而归　在暮色中回到公路
鞋子倒是没有再次被露水弄湿　鱼线缠作一团
得在以后的时间中将这些麻烦解开

2015年4月28日

《鸡足山志》

《鸡足山志》的作者是清代的高奣映
书厚 662 页　450000 字
恒河沙数　每个字都关于这座山
它不只是一个土堆　古代的僧侣们在顶上
建造了一座石头塔　用石灰涂成白色
象征着释氏到来　这个建筑增高了山的海拔
本来是 3320 米　后来成为 3361 米
山川　白云　松树　阔叶林　灌木丛
老鹰　乌鸦　村子　城镇　行者　尘埃
都在下面　足以令一切都朝它涌去
有人说它像一位　"进入永恒寂静的
觉悟者"　不明其义　我是最后一个
读到这部书的　还有后来者在我身后

2020 年 11 月 14 日

水　塔

很多年前　他们建造了一座水塔
储存的水再也流不出来
石油般地待在黑暗的水池中
等着开关　只是为了证明有人
工作过　爱过　活着　建造了
一座沉默的水塔　就像一首诗
写过水塔　七行　没有一滴水
灰色的　在白纸上

2017 年 3 月 16 日

桃形捧盒

一种水果出现在苍山下的古董铺
光绪年间制成的桃形捧盒　盛过桃酥
杏脯　绿豆糕　针线　纽扣　耳环
银子　鸦片　私章　火柴盒　子弹壳
和灰尘　从大户人家流落到妓院
革命时被密藏在民间　只有些许开片
玩家说着　指节敲出黑暗之声
那是夏天　新时代的少女再次取名为
桃　无数果子在黑暗里梦想成为这种
红　落红　果园四季不产

2016 年 10 月 7 日

田纳西的咸菜罐

那个坛子不知道自己是一件伟大的文物
将在三百年后的一天被苏富比拍卖行转手
一锤定音　为田纳西的史蒂文斯先生所得
死后又传至故宫博物院　置于地下仓库的
一只玻璃柜子里　光芒暗淡　直到另一个博物馆
寿终正寝　此刻它正虚怀若谷
为外祖母腌制着腐乳　注视着那只盲目的手
朝它的深处　像产婆接生那样顺着一个古老的
秩序　元亨利贞　塞进菜叶豆腐　姜块
红糖　辣椒　八角　草果　料酒　黄昏之光和
盐巴　塞得很慢　一层叠着一层　一座秘密的
塔　摸索着坛壁搭起来　她弓着腰　帝国的女仆
有时会走神　忘记了佐料的名字

勺子在虚空中停下来　爆破音在喉间
吟唱　"是不是再加一点儿泥巴?"

2018年9月4日

屋顶上

三个工人在屋顶上干活

一个砌砖　一个递给他砖块

另一个用铲子搅拌着水泥

他们穿得很薄　不能再薄了

那样就得露出脊背　已经看得见

古铜色的脖颈　胳膊抬起来又落下

像豪放派的文人那样书写着　嘲笑

冬天这个资本家裹着件透风的肥大氅

单薄的短衫令他们出汗　暖和　拂动

有时候舞者停下来　喝些水　呵气

抽支烟　接听手机　讲出一通黑话

蹲下去重系鞋带　这不是同情　他们

工薪很低　劳动未必兑现劳动力的全部

价值　但它是唯美的　从来不会拖欠
一个工时　一些灰在他们之间轻轻扬起

2018 年 12 月 10 日

普罗旺斯八首

1

此地有教堂和罗马人的废墟
一个老头子牵着狗在石头堆里走
他找到一个垃圾桶掐灭烟卷儿
点燃了另一支雪茄

2

一条裙子晾在小阳台
少女不在　趁街道上没有行人
穿红衬衣的男子　一头金发

靠近电线杆去撒尿　焦黄的
面包棍　夹在手肘之间

3

他过街　走向一家古玩店
玻璃后面有只蓝色的中国瓷瓶
那时候这条街的尽头处
忽然可以看见落日

4

我来找一个背画箱的人
您见过吗　蓝眼睛　红头发
绷带包着一只耳朵　他表姐不爱他
乌鸦飞走后　他离开了麦地

5

从前　有一些东西出现在凡·高画里
散发着泰伦斯颜料的气味　后来干掉
在圣雷米疗养的时候　病人称它们为
丝柏　事实与画面完全不符　在凡·高
画出粗线条　螺旋纹　点燃了暗绿
钴蓝　柠檬黄　树脂和亚麻仁油的
框子里　看不见丝柏　实物在大地上
还是那样高大　坚挺　正常　圆锥形
还是可以做梁木　棺材　球果呈棕灰色
萃取精油　可制古龙水　这些在世的火焰
唱诗班似的摇晃着舌头　秋天的午后
有位祖母在天空中发光　又要生了

6

大批游客挤在一家咖啡馆里
喝着咖啡　照相机扔在购物袋旁
他们拥有这么多　这么多　一直坐到
深夜　他们等着那个割掉耳朵的傻子

7

圣雷米修道院　有个房间假扮作凡·高卧室
卫生间还能用　一旁支着橡胶皮制成的
黑浴缸　以防乌鸦再次自杀　游客探头探脑
突然指着某处　临走要求与向日葵合影
买几张明信片　这是世界辨识疯子的一般形式

8

漫山遍野种着葡萄
植物们被捆在一根根水泥柱上
其间穿梭着铁丝　对付教堂里的那位
也是如此　所有的诗都好色　歌颂他的
猩红　忽略他折断的四肢　保罗·策兰
那双剥过语言之皮的手　再怎么折腾
也摘不完世界的黑葡萄　那是夏天
当我们驱车驶过普罗旺斯　庄园里有
一干人穿着短袖衬衣　坐在黄昏摆出的
长桌子上饮酒　有只微醉的酒杯　像公爵
那样晃了一下　那时有个农夫弯腰钻过
铁丝网　就像1942年　奥斯维辛的一个
傍晚　逃亡者动如脱兔　他稍笨
背带裤被藤子挂住

2016年6月17日

在德国

德国熟人

在德国　我认识这几位
伊曼努尔·康德　亨利希·海涅
沃尔夫冈·歌德　弗里德里希·
威廉·尼采　马丁·海德格尔以及
大家都知道的那个谁　那个谁
火车站那些正在对手机说话的
金发夏绿蒂　我一个也不认识
"从她的所有谈吐中　我发现她是那样
有个性　每听她讲一句话　都会从她的脸庞上
发现新的魅力　新的精神光辉"

歌德描写得很传神

2020年6月

回忆法兰克福

法兰克福市区的电车漫长而缓慢　空载着陷阱
如果逃票　总有一天会被密探抓住　"关于树木
的谈话　几乎就是一桩罪行"　虽然不是　罚款也
不菲　车票是皮特为我买的　他死了　就埋在城里
噩耗用一段汉语传来　哎　老朋友　每次都在罗马
广场的女神下面接头　总是背个WENGER包　红光
满面　气喘吁吁　刚刚爬出战壕的士兵　睡觉样子
像教堂里的婴孩　有人在美因河畔一条长椅上见过
西思格拉大街23—25号　铁灰色的房子　三层楼
窗台上养着金雀花　1749年8月28日　沃尔夫冈·
歌德出生在里面　一个仓库　那么多家具　笨重如牛
的木质洗衣机　待洗的衣服堆成一座小山　十八世纪

穿得真多　此前我只知道　长安一片月　万户捣衣声
他爱人的金发是夕阳下的波浪　以及早晨的光　档案
没有记载　只说他深夜回来　为了不影响到家人　站着
写诗　那高桌子还在　摸了摸　硬木的　读他的作品是
1973年　我还在一家工厂当铆工　有一把锤子和一本地下
传阅的《浮士德》　译者是绿原　我知道怎么使用扳手
螺丝钉要松掉的话　得左旋　他写过一位热情的厨娘
如何拖地板　又如何捧着一只罐子倒出牛奶　又如何甩着
奶头洗澡　真笨　黄色的胰子掉了　一只肥蹼踩在上面
差点儿摔一跤　他写过么？　好像是　那条街叫个什么？
翻译是个只对我说汉语的人　秋天在窗外下着雨　乘客
只有我和一位裹着黑围巾的老妇　下车时她对司机说了
德语　可没想到　雨后的道路上出现了许多小水坑　可
没想到我会踩中　可没想到教堂的尖顶会掉在里面　嵌着
一只模糊的钟　可没想到钟声来自另一个方向　悲哀的也
可能是快乐的　可没想到下车后　车站旁边就是百货公司

2020年6月

一课

课文说 "去故乡而就远兮 遵江夏以
流亡 去终古之所居兮……羌灵魂之欲归……"
屈原披发行吟泽畔 颜色憔悴 形容枯槁
后来他跳进汨罗江 课文说 荷尔德林写《还
乡》之际 "阿尔卑斯山上夜色微明 云
创作着喜悦 遮盖着空荡的山谷" 诗人精神
分裂 徒步回故乡 住在木匠家里直到死
同一主题下的两条路 不是森林中的那种
也不是大街上的十字路口 我们无法选择
既不能选择楚国也不能选择图宾根 既无法
选择形而上也无法选择形而下 诗歌的答案
总是让人束手无策 夏天明亮而多云 雨
在磨它的短刀 我们坐在古老的教室里
不必为那些古板的确定操心 只要尽量避免
与教授热烈的目光接触 他没戴眼镜 秃顶

在昨夜占领了多思的前额　　他为此戴着新帽子

耐克牌

2020 年 6 月

"杏仁眼的阴影"

——看克劳德·朗兹曼的纪录片《浩劫》有感

1942 年夏天

瓦格纳在黑森林中沉睡

蜻蜓在莱茵河畔交配

一条铁路穿过荒凉去东部

雅利安先生彬彬有礼

一边瞟着擦得雪亮的长筒皮鞋

一边用歌德的母语谈犹太人

追求最高的抽象　　冻结象征功能

只启动数学物理几何化学方面的单词：

货物　方程式　载重量　字母 W 或 BE

一氧化碳　密封　热处理　时刻表

高 24 英寸　宽 18 英寸　长 2000 米

精确如游标卡尺　妙语连珠如史上那些

致命的诗　超以象外　省略肉体

准备♯ 准备∅ 准备÷ 准备× 准备％

"准备 6000000 个 0"完毕　保罗·策兰诞生

他的舌苔与史上出现过的不同

长满了铁丝网　那么尖锐　那么花哨

那么血肉模糊　难以确认所指

又一个词被脱光衣裳送进沐浴室

他说　"杏仁眼的阴影"

2011 年 9 月 1 日写
2020 年 6 月改

犀　鸟

那只迷路的犀鸟带来了荒野
它用曾经跳跃在大象秃背上的小脚
跳进了那棵老橡树　新的荒芜
它收起王冠和大嘴　藏身在更辽阔的树冠下
踩着树叶　发出嘶嘶声
从外层的树枝跳进深处的树干最后销声匿迹
它撤回了那些疯狂的往事
它朝最小的体积收敛着　朝钻石式的浪漫收敛着
它向包围着它的万物和树叶传导着一种雾
一种掩护着梦的雾　犀牛般的雾
没有实体的雾　它就在里面

2015 年 3 月 17 日改

西部六首

水电站游记

戈壁滩的大裂缝里藏着一处水电站
两行旧车辙领我找到它　无人
贸然闯入荒原的橱柜　它也有抽油烟机？
那些旧抹布是谁的？　齿轮何以不转？
灰暗的大坝停在风中　下面的深渊里没有河流
想必有过　想必因此设计图纸　招标　剪彩
力拔山兮气盖世　在人民未参与的泥石流中
大地颠覆了强加于它的投资　资金弃置野外
只为在一个平庸的黄昏　迎接多愁善感的诗人？
哦　龙飞凤舞　我不会赞美你
值班室的门被撬开了　漫游者踩到灰

又退出来　揉成一团的是谁的裤衩？　　忘了
洪流激越如青春穿越逼仄山谷　埋没了无数的半成品
落潮如此刻　水落石出的不仅是河床　也是贫乏和野蛮
似乎因为我姗姗来迟　一堆空酒瓶闪着哀怨之光
更多的摆设说不出名次　比如那坨石头　那些沙
像是上帝的翻斗车所倾倒　它们应当自古如此
"地老天荒"　　是悬崖上微微抖动的沙棘使我想起这个成语
天就要黑了　雪增高着祁连山　就像一把收不回来的
游标卡尺　钢索桥已跨过峡谷　使用了不锈钢材料
但要测量时间　它长度还不够

电线杆

死者们一万年后爬出来
永恒的荒凉上出现了电线杆子
传说它们把闪电押进集中营的铁丝网
试验如何令天空与大地绝缘
就像毛利人虚构的鬼魂　躲开风

顶着冒牌的十字架　胸前写上编号
暗示过路者这是偶像的原始形式
在大地之墓上拉紧游丝般的手
像那些古老的战士彼此搀扶　互相鼓励
天空忽然翻脸舀一瓢子沙劈头盖脸浇下来
在白瓷乳头上擦出几缕蓝色的物理火星
没有爱情的地区　长途客车开着射灯掉头逃窜
也没有文献　来过的都失踪了　包括成吉思汗
包括那些扯电线的瘦工人　天苍苍
野茫茫　沙砾在滚　骆驼草在晃
轮回　复原　总是需要标新立异来证实
站起来只是为着再次倒下　彻底去死
不仅作为失败的物理　也作为一种梦呓的遗骸

莫高窟风景

世界的另一边　天空赶着海豚大撤退
瘸腿的乌鸦因掉队而奋力飞在最后

冬天的邮电局空了　　河流的火车陷入沙丘

结冰的站牌后面　　子虚乌有的守门人　　在清点着已经报到的
　　荒凉

哦　　那只长尾巴的蜥蜴在动　　抖去灰　　钻进死亡的看守所

咏唱者终于体会到孤独这块铁幕有多厚　　他害怕被命运截留

就是上帝任命他为李白也不能登堂入室　　一望无际的灰可不是
　　心灰意懒

那群白杨树烤不死　　风沙亿万年　　还是没有弯下来一丁点儿

欣喜若狂地闪着白光　　每一根枝条都在放浪形骸　　紧紧地拥抱

朝着光辉喷射　　似乎在禁欲之地　　穿越干旱

做爱者抵达的深度也更为黑暗　　更绞结　　更缠绵　　更热烈　　更
　　舒展

哦　　投奔者是那些最色的画匠　　甩掉芒鞋

赤脚奔进藏在沙粒中的洞穴

他们终于找到了大漠　　色就是空

永恒不顾肉身　　只容纳觉悟

讨赖河

在公路上看不见讨赖河　想当然以为
寨外就是一马平川　于成见中昏昏欲睡
大事啊！　跟着某位出生于泥石流的地下之王
散兵游勇被集结起来　分开滚滚砾石和铁沙漠
诡秘的夏天　一条洪流在荒原的腹地浩浩荡荡
风悬崖勒马　落日失色　鹰舵发现了转机
鼹鼠们纷纷投诚　淘金者奔走相告　哦
大地内部有我们不知道的事情在发生
转移核心　重组枢纽　颠覆格局
旧堡垒在崩溃　新山头就要崛起
却没有旗幡招展　有只黄羊跑过　它一直住在那边
司机依照既定的路线驾驶
车子奔驰　汽油在燃烧　仪表就要复0
天空下的秘响被诊为幻听
阳光大道　看上去非常平坦
在左边　一群乌鸦公然消失

不是在天空而是在荒原下面
它们破天荒地飞进了石头

冬天的党河

结冰时代　汹涌被藏在白色的假平原下
我提心吊胆走过去就像那些失去了民心的帝王
不知道哪一块会塌　所幸我的辎重只比一张纸稍厚
我只记录那些温暖的事　虽然严寒无所不在
听着河水在冰的襁褓下舒展着身躯就想起那种生命
我也孕育过　在年轻时　她叫刘玉英　天车工
我的爱人　我的秘密苹果　我的丘陵与沼泽
我在虚空中穿越她的脸庞　她的胸脯　她的歌曲
她的风　全车间都为我的痴迷而惊呼　于坚　于坚
看你头上！　那时大吊车吊着钢板正飞越我的头顶
她驾驶着天车冰凉如天使　被铁幕的阴影吞噬时
我正旋转着　跟着一棵生长在我身上的桉树
他们不知道我身上藏着一位会跳舞的桉树

只觉得我的动作不可思议　奇妙　就像隔着冰层
就在下面　那巨舰就要穿透冰壳　鲸鱼来过
它的领域不分海洋或者河流
但解冻后河流从未证实

骆驼

大漠上看不见一点骆驼
传说从前它们从这儿　到那儿
高一脚　低一脚　脖子上悬挂着腌制的海
它们吞下荆棘　留下仅次于耶稣的脚印
无人能够重蹈覆辙　数千年我们一直跟着它
也许最终能够走出死海　哦　这是一个二流的年头
骆驼们解甲归田　我最后一次看见它是在旅游景点
这个老家伙表情轻浮　披红挂彩　就像赴会的明星

2013年3—4月

小邮票

怀念还在用邮票的年代　怀念那些
可爱的信封　可以把幸福的天空贴在
上面　可以把死亡的街道贴在上面可以
把长夜贴在上面　可以把一颗看不见的心
用胶水贴在上面　可以把残忍和背叛
毫不费力地贴在上面　然后投进邮筒
邮递员会公事公办　带走　就像搬运一堆
没有重量的砖头　他总是骑着一辆绿单车来
后座挂着的那只鼓囊囊的邮袋也是绿色的
飞腿而去的样子就像仙人　绿色是好的　是
神圣的　他是带来喜讯和噩耗的好人哪　应该
唱着歌　从来不唱　伸出一只脚稳住车子
翻着一摞白信封　蓝信封　黑信封　红信封
灰信封　"你有一封"　这句话永远惊心动魄

他是带来灾难的星哪　应该像妖怪那样推着单车
"你有一封"　递过来　那就是一罐蜂蜜　你有
一封　那就是大海忽然汹涌　你有一封　那就是
水井　你有一封　那就是云　你有一封　那就是
失眠　没有记忆的人生是浅薄的　得记住那张邮票
列宁说　忘记过去就意味着背叛
是的　天使不能忘记　撒旦不能
忘记　邮差不能忘记　那张锯齿形的小纸片
不能忘记　世界最美的一角　可以伸出舌头
舔舔它的背面　即刻涌出坚固的黏性

2020年7月18日

新加坡

新加坡有一头无人见过的狮子　　自古无从
落实　　只是作为谣言　　存档于图书馆　　一些
模糊的照片　　疑为外星人　　或被华人小酒馆
一位死去的潮州移民在餐桌间碰翻酒壶时提及
被诗人煞费苦心地旁敲侧击　　它被制作成
干燥的玩具　　不锈钢雕塑　　垃圾食品
暗藏着陷阱的商标　　它不是那种一触
即发的猛兽　　它从未实施过暴力　　期待着作为
某种非洲式午餐　　在一个路口不期而至　　撞见
被麦当劳咬得鲜血淋漓　　成了一种现代饥饿
就像那些真正的雄狮　　它实施的也是
庇护　　威严　　慈爱　　多毛　　充满荒凉
的意义　　传说它住在盐粒铺成的大漠上
徘徊在赤道附近的太阳下　　热带雨林某处

那些多汁的树冠足够它藏身　也有说它
是夏日雷阵雨后缓缓地迈过天空的那些炎热
而可怕的蹼　暗藏于狮子座暧昧不明的空隙中
或正午　马里安曼兴都庙　祭司们于柱廊下
敲出的狰狞经文　或马来女子留在后院
晾衣绳下面的赤脚印　或午夜　维多利亚大街
运载黑森林的两只幽绿车灯　或电梯门开启时
法老王的金属棺木于 21 层　自动打开

2017 年 9 月 2 日写
2018 年 8 月 12 日改

雪　后

暮色戒严冬天　北郊辽阔如垃圾散去的广场
在那些玩牌者的时间中　在厨房
当冰箱沉睡　当筷子掉在地上　勺子发亮
几根瘦铁轨在雪堆上翘着　一只翻倒的高跟鞋
失去了袜子　在回忆中　事物的价值不在表面
不在这些偶然的凸出处　瞧　教堂之顶也在沉沦
矮小的十字架还能指引什么　重量在黑暗里
汽车停了　到达终点　死亡终于促成美丽的静止
钟挂在落日中　隐约有歌声　星星不断地加入
那个永远沉默的合唱团　月光如水　这句不朽的汉语
再次出现在大地上　谁也不能再置地　乘着勉强的
稍纵即逝的整一　有人在虚构大宅　有人在语词中
搬弄石头　家具　卧榻　发现新的营地

2017 年

一棵树

他就是那个将自行车靠在墙上
弯腰上锁的家伙　嗨　瞧他这记性
又忘了拿保温盒　他就是那个被太阳
晒得很黑的家伙　他不是黑人　他就是
那个提着滴水的雨伞　穿过斑马线去
买馒头的家伙　明天还要买的家伙　汽车
您慢点儿　他就是那个袜子通洞的家伙
那个站在橱窗外等着降价的家伙　那个
医院走廊上睡着了的家伙　小心点
别踩到他的鞋带　那个在超级市场挑选
5号电池的家伙　那个喜欢海豚的家伙
在五楼的窗口看霓虹灯的家伙　那个
害怕电梯的家伙　伸脚出去的时候总是
有点头晕　他就是那个在药店红着脸

支支吾吾　要买避孕套的家伙　……　一
盒　那个穿黑夹克的家伙　总是拉不上
拉链　那个在学校门口接娃娃的家伙
那个站在深夜的公交车站一个人等着
末班车的家伙　那个没有发言的家伙
跟着波浪游在重复的大海里　他就是
那个爱吃鱼和胡椒的家伙　残酷的太阳
卑微的细节　有时候站在高架桥的水泥柱下
患着莫名其妙的病　扔掉烟头　抬头发现
今夜只有星星　想起苏轼的诗篇　小舟从此
逝　江海寄余生　他就是那个家伙　他不是
小人物　他种着一棵树

2017年2月28日

一匹马

这头牲畜站在购物中心供大家合影留念
不动　模仿着橱窗里的模特儿　没有道路
红地毯制造出新辙　它正在适应　拄着腿
这个世界没有草原　一匹马的故事
悲壮而无聊　代表一家汽车制造商
后面的空马车装模作样　继续着繁文缛节
从前王侯按此定制　"贾人不得乘马车"
《后汉书·舆服志上》　失去方向不是它的责任
这是一匹真正的白马　腹部有几块伤疤耳朵雪白
还是可以削开冬天　这一点没有改变
这一点没有改变　马儿呵　为何不趁机跑掉
逃出这亘古匹配的命运　他们中间已没有骑手

2020 年

银杏树的反对者

一棵树也可能不是一棵树
比如　"它不是一棵树"
当我说了　它不是一棵树
我说的就是那棵银杏树
站在蓝天白云之下　一位
小区的思想家　它的主义是成为
银杏树反对者　为此长出那种
我们都见过的叶子　像是一把把
正在京剧里摇晃的扇子而绝对不是
它不是银杏树　也不是扇子

2020 年

印象派之父

1869年
三十岁的保罗·
塞尚认识了
十九岁的玛莉亚·
霍腾斯·菲奎特
一个穿红裙子的
姑娘她
是一名书籍
装订工
也为画家当
模特儿被左拉
称为"不起眼的
灰尘"三年后
霍腾斯生下了

唯一的儿子保罗

然后他父亲

回到艾克斯小镇的画室

继续画

不再取悦于人

那时候普罗旺斯

天空是蓝的

苹果是红的

山是圣维克多山

世界不称塞尚为

印象派之父

而是

保罗的爸爸

2020 年 6 月 24 日

忧　郁

秋天之光是忧郁的
失去了方向的乌鸦是忧郁的
湖上的海鸥是忧郁的　疲倦的大海是忧郁的
田野空着没有粮食是忧郁的　厨房是忧郁的
闲着犁头　在打谷场上玩扑克牌的农夫
是忧郁的　父亲走了　母亲的床是忧郁的
书架上布满尘埃的《红楼梦》是忧郁的
废墟是忧郁的　蹲在中间失去了家的黑猫
是忧郁的　开到尽头停下来长锈的推土机是
忧郁的　失去了墓地的死者们留在床头的遗像
是忧郁的　警察局前面的空地是忧郁的
它无法定罪的天空是忧郁的　它老去的白胡须是
忧郁的　保罗·西蒙的吉他是忧郁的　里尔克是
忧郁的　去终古之所居的屈原是忧郁的

杜甫的江河是忧郁的　鲁迅的小说是忧郁的
在酒楼上是忧郁的　革命者吕纬甫的长衫是忧郁的
漫长的雨季是忧郁的　抬着电视机进入电梯的搬家者
是忧郁的　暗淡电梯中上升的爱情是忧郁的
宇宙飞船是忧郁的　金属机舱是忧郁的　那个唯一的
乘客　藏在宇航帽下面的眼神　是忧郁的　一切力量
都在朝向将来　过去是忧郁的　美是忧郁的　传统
是忧郁的　诸神闷闷不乐　它们的沉默不语是忧郁的
在暴风雨和黎明造成的水坑边走过是忧郁的
悲哀的水面　闪着轻微的忧郁之光　我撑开在
灰色天空下的雨伞　是忧郁的
2017年7月22日是忧郁的

2017年7月22日

雨　季

很多年过去了　雨还是那一场　半夜开始
点滴　哭泣般的　再次学习悲伤　电影院
早已荒凉　坐在教室里的少年等着下课
老是去看外面的天空　过去复习的都是政治
这是祖母的课　密集如一种古老的纺织
许多珍贵之事都在沉沦　积极必然失败
雷鸣电闪像是彝族人的巫师在为天空文身
他们唤来了大象　孔雀和失踪的水缸　此时
在天空下奔跑的人是自由的　站在屋檐下
观望　脸颊上挂着雨珠的人是美丽的　有间
房子是满足的　躺在破床上是好玩的　不去
上班是安心的　等着那些发亮的细线一根根
将黄昏编结成死灰色是充实的　坐以待毙的
一生是无罪的　直到放晴　物尽其用　未必

就是收获　满街汽车闪闪发亮　尼龙洋伞撑开
在阳台　蒙着灰的油纸伞珍藏在古董铺　许多
时刻准备着的伞最终没有打开　它们都经历了
雨季　它们决心下一次打开　打开一把伞是
审美的　康德没这么说过　是我看见那些
在雨中走过的人　在伞下面聊着什么　仿佛雨
永远不够大　他们喜欢举着一块湿漉漉的云

2015年

缘　分

飞了不知几万年呀　这只椋鸟
才飞到我房间的窗台　多少风
多少乌云　多少日夜　多少大海
整个秋天掉下的都是它的羽毛
死过千万次　才抵达这个落脚点
灰色窗帘下　水泥台干透欲裂
夏天倒塌时留在角落的水印
土红色的小蹼　着陆时像个跳伞队的
转了一圈　远古的舞蹈家
带来失传之步　就离开了
我记不得它是走了三步还是七步

2019 年

云南大学会泽院之水池

位于山坡上　高耸山顶的希腊式教学楼
和宿舍之间　像是一块被数学系诗人
遗落在坡台上的旧围巾　织纹烫得
很平　每次上课都要蜂拥向它　又绕过
1922年唐继尧省长宣布私立东陆
大学成立　1934年改名省立云南大学
在声名狼藉的晚年　他们趿拉着便鞋
抱着旧讲义归来　擦干净黑板　打开茶杯
一根秘密管子通向它　有时供水　有时
不供　下课时我们坐在水池的外角上
议论庄子和亚里士多德　说起粉笔
打火机　耳环　政治　它并不是大地上
原在的事物　人为设计　水泥建造　有时
满溢　有时镶着镜子　有时戴灰色面具

有时空着　某种筹划无意中袒护着这个
坚固的六边形　这个圆　以造物的方式
它一直在为自己积水　内部已长满苍苔
沉着石头　可以留宿素月

2017年6月27日

在海边

我又来到海边　不洗头　不钓鱼
不戏水　不漂白衣服　也没有潜水艇和
负心的爱人　坐在海岸上　听着　看着
那拍打　那不轨的潮水　那触及舌头
就退却的语言　那汹涌着灰色书页的大教室
擦头历尽沧桑　教育在波浪间彷徨
就像多年前在中华小学五二班的教室
教语文的范老师有一根遥远的
伸展在地平线上的黑辫子
狂沙一粒粒在我的手指间安静　抚平
回到水　天空下　一只棕头鸥又要起飞

2017 年

在昆阳公路

我关心的是山冈　我关心的是玉米地
我关心的是村子　我关心的是看门狗
它们是否依然要吐着白沫朝我吼叫
我关心的是那些红色的庙宇　那些供桌上的灯盏
我关心的是旧世界　我关心的是老鹰是否依旧飞着
我关心着盐是否满钵　我关心着一匹黑马的睡眠
我关心着果园是否圆滚滚的　我关心着石榴树
那些永不歌唱的红牙齿　是否加入了妖怪的合唱团
我关心着那些月光下的木梳　是否依然夹着黑暗的发茨
美啊　我关心的是黄昏　夜色　湖泊　野兽
我关心的是歌谣　爱情和床铺　我关心的是那口水井
它的苔藓　它的磨痕　它的光泽　它的深度

记忆的囚徒　我关心的是那些被处死的旧事物

痛心的流浪　死亡的迁徙　工地的绞架上吊着苍老的松树

2015 年

在墨西哥湾的度假区

大海在沙滩后面复习着远古的俯卧撑
长跑者颤动着肥厚的胸部　一块牌子伸手拦住他
小心溺水　痛风者躺在花园里　餐厅在烹制鱿鱼
青年们在海滩上跳了一夜　涨潮时鼾声如雷
付给导游100美元的话　可以组团去另一处风景区
玛雅人死在那里　他们的后裔在兜售假面具
一切都在暗示　要好好地活着　包括那些海鸥
它们躺在风上　就像中产阶级的宠儿　卫生　洁白
但是这一切意义何在　绕过海岬　另一片海屏住呼吸
像是风暴卷来的一具死尸

2015年10月在墨西哥湾

登纽约帝国大厦

一个被忘掉的日期
排着队
警察盯着　担心你把泥巴带上来
仪器检查完毕　帝国就安全了
电梯满载　升向86层
圣人登泰山而小鲁
群众去巴黎　要爬埃菲尔铁塔
在纽约　每个裁缝都登过帝国大厦
门票是12美元
被一条直线抛了上去
几分钟　未来到了
一个平台将大家截住
全世界有多少人憧憬着这儿
赞美之声　来自高山　平原

来自河流　沼泽地　来自德国的咸肉

北京烤鸭　巴尔干奶酪

红脖子的南美鹦鹉　非洲之鼓

美女们　你们的一生就此可以开始

有一位鞋帮绽线的先生忽然

在出口停下捂住胃部　按实了

深藏在怀中的绿卡

哦　谢天谢地

他的口音有点像尤利西斯

帝国之巅是一个水泥秃顶

所有高速路的终端　几根毛

分别是纪念品商店　卫生间和旗帜

在铁栏杆的保护下

面对秋天的云

如此巨大的脸

经不住一阵风

纽约露出来

工业的野兽

反自然地生长着

无数的物积累到这儿

已经空无一物

大地上没有可以比拟它的事物

墓碑林立……这个比方是最接近的

腐烂就是诞生　但这是谁的墓

四个季节过去了　没有长出一根草

先天的抑郁症

啊　可怕的美已经造出来了

隐喻无能为力　无法借鉴历史

也许可以像一辆工程车的方向盘那样

描述它　用几何学　用材料手册

用工具论　用侦探手段　用抛光法

用红绿灯和……一场相恋未果的车祸

纽约　你属于我不知道的知识

哦　纽约　男性之城

欺天的积木　一万座玻璃器官

刺着　高耸着　炫耀着

抽象的物理学之光

星星变黑　月亮褪色　太阳落幕

时光是一块谄媚的抹布

一切都朝着更高　更年轻

更辉煌　更灿烂　更硬

永恒的眼前一亮

犹如股票市场的指数柱

日夜攀升　更高才是它的根

天空亘古未有地恐惧

这乌龟可不会再高了

取代它的已经君临

飞机像中风的鸟　双翼麻木

从A座飞向B座　最后一点知觉

保证它不会虚拟自己最危险的一面

朝着痴呆的金融之王撞上去

摩天大楼的缝隙里爬着小汽车

这些铁蚂蚁是下面　唯一

在动　令人联想到生命的东西

它们还不够牢固　太矮　流于琐碎

尽管屹立于历史之外　古代的风

经过时　这个立体帝国也还是要

短暂地晕眩　风吹得倒的只有

头发　三个写诗的小人物

还没有垮掉　在巨颅上探头探脑

福州弗胄　纽约帕特　昆明于坚

一游到此　不指点江山

不崇拜物　但要激扬文字

大地太遥远了　看起来就像

天堂　帕特为我们指他的家

他住在一粒尘埃里

永远长不大的格林威治

疤疤　小酒馆　烟嘴

不设防的裙子　有绰号的橡树

金斯堡的蘸水钢笔患着梦游症

天一黑就令警棍发疯

尿骚味的地铁车站总是比过去好闻

吸引着年轻人　忧伤而美丽的大麻交易

神秘人物在黑暗中交头接耳就像

穷困潦倒的纯洁情人　各种枪暗藏着光芒

电话亭子隔板上的血痕属于六十年代

上演韵事的防火梯永不谢幕　哦

弹吉他的总是泪流满面的叔叔　那个黑人

还在流浪　居然还有美人爱上穷鬼

圣马克教堂一直开着门　那地区

有三千个风华正茂者　称自己为

光荣的诗人　一块牛排躺在

祖母留下的煎锅里　有些经典的烟味

太小　尘埃中的灰

完全隐匿在地面了

更远处　哈德逊河之背光芒幽暗

不知道什么时候转过去了

帝国大厦　上来是一种荣耀

下去就随便了　没有光

免费　也不搜身

2015 年

昭宗水库
——向 R. S. 托马斯致敬

也许我并没有拿着锄头
只是提着钓鱼竿走向这个水库
甚至也不拿　只是一次次甩着手走到它旁边
我的影子在幽暗的水面漂着　变成了我自己的妖怪
小时候去过　青年时代去　中年去　晚年还将去
就像 R. S. 托马斯　那个追求真理的教堂诗人
认识他太晚　翻译误事　他们总是从表面翻起
有时候我穿上游泳裤衩又脱掉　只是下着决心
总有一天要下海　但现在不　我还想与底保持距离
噢　折腾一生　风尘仆仆　我们是否还有归乡的晚年？
它太深　传说每年春天都要淹死涉水者
夏天它跳上岸吃掉调皮小孩　它并非大地池塘
一个水库　是谁挖掘的？　谁设计了它的深度
或者谁的铲子　像建造伟大的游泳池那样

事先捣腾过煳透的锅底　拆迁了蛇穴和鼠窝
但以后　就像播过种的田野　一切失去控制
水利事业在一次次深刻的扎根中漏光了
也许当我们熟睡时　它被最高当局带走
去往万物的营地报到　标尺失踪
此物不再是我们防备旱灾的工具　只能说它
这么深　那么深　深邃如那些活着的死者
如它栖身的山岗　就像他的诗篇
那些小岛上的威尔士方言
被谣言流布得深不可测
仿佛匿名者所为

2013 年

注：昭宗水库，在昆明西面的山上，我们少年时代游泳的地方，每年都有人被淹死。最近这个水库已被封闭。

致一栋房子

年轻时他们盖了一栋房子
罗恩·帕特夫妇和他们的儿子
不是为了晚年隐居　而是练习
古老的法则　时代在改变　上帝已死
但汗水还在那里　总得有人上梁
建造光束　开灯　安装长方形窗子
搭建三角屋顶　方便冬天的白小孩
乘无人看守时　偷偷溜下瓦片
让门前的楼梯　在秋夜　照顾月光轮椅
阳台留给秋日　阵雨跟着落叶　写信
寄走　总得留下几个信封　总得有人盖房子
有人打猎　有人守着林间空地　有人采集蘑菇
有人拾柴　有人烤面包　带孩子去餐厅
总得有人整理卧室　清理花瓶

揩拭老朋友的遗像　这房子在佛蒙特州以北
拥有一条宁静的小路　木头废墟
模仿着童话里的城堡　严阵以待
等着强盗　原始人　野兽　未知的飞碟
诗人　传说中的落日　等着
那颗冒冒失失的流星　于秋天午夜
跟着一个松果　滚到屋前的草坪上

2018年9月11日

致一只野兔

不记得是第几次看到这只野兔　土灰色的
站在 74 号公路　指示着昆阳镇的牌子下面
灌木丛似乎从未成长　还是那么高　那么戳人
为侏儒提供着掩体　它也没怎么长
还是那只活泼泼的兔子　脖子灵动　缩着短腿
长胡子上有些草屑　两只巫婆眼刚刚点燃
唉　看看我　这么多秋天　老啦　矮啦　你瞅见没？
就是当年我也从未想把你怎么着　倒想你镇静些
我们可以共处　你玩你的　我玩我的
别总是那么惊慌失措　着急着逃掉　该死的
谁告诉你我的出现只会搞砸一切
我再次去了深处　仅借此地　小寐片刻
当然　要睡的话也可长眠　这样安静……

2015 年 3 月 14 日

祭 祖

我祖父他叫于南轩　我从没见过他
只发现一座坟墓　三个碑挨着　祖父
祖母陈彩芹　还有他们的哑巴仆人
一头牛躺在正午的原野　幽绿的夏日
苹果和橘子尚未成熟　花生沾满泥巴
一部分堆在土地庙废墟的空地里
一条老狗从阴影间穿过　小时候我父亲
提到他　就像提到一个埋头写字的囚犯
他浇水　喂金鱼　劈柴　读《论语》
皎洁的冬天　将月光的银子倒在梅花树下
站在院子里听着什么　等着陶潜
孤独的地主　最后饿死在自己的甘薯地里
当他们死去时　没有人在那儿

一朵铅灰色的乌云盖着他们　沱江那边
传来布谷鸟的叫声　它没有叫得太久

2018年2月28日写于昆明

左贡镇

我曾造访此地　骄阳烁烁的下午
街面空无一人　走廊下有睫毛般的阴影
长得像祖母的妇人垂着双目　在藤椅中
像一种完美的沼泽　其实我从未见过祖母
她埋葬在父亲的出生地　那日落后依然亮着的地方
另一位居民坐在糖果铺深处　谁家的表姐
一只多汁的凤梨刚刚削好　但是我得走了
命运规定只能待几分钟　小解　将鞋带重新系紧
可没想到我还能回来　这个梦清晰得就像一次分娩
尘埃散去　我甚至记起那串插在旧门板锁孔上的黄铜钥匙
记得我的右脚是如何在跑向车子的途中被崴了一下
仿佛我曾在那小镇上被再次生下　从另一个母腹

2012 年 9 月 3 日

巴黎行十七首

巴黎

灰色天空下

旧事物闪着光

地铁从教堂下面爬上地面

烟囱在左岸冒烟

书店和诗集关着门

地中海来的船只刚刚冻结

米拉波桥上没有行人

阿波里奈尔啊不知所终

他的幽灵在我心中

青春一去不返

下着雨　塞纳河流向远处高原

2005 年

波德莱尔

波德莱尔站在大街对面
像是刚刚打了一声口哨
召唤了出租车或者羊群
牧人收回手插在外衣袋里
他不能再掏出什么
黑暗的秃鹫拍翅飞去
写诗的手不见了
只等着被召唤者过来
你们必须过来
你们是出租车或者羊群
他是波德莱尔
他的诗集站在书架上召唤着读者

封面上印着一位中年男子的肖像
神情忧郁　面具般的脸失魂落魄
就像从前某位被废黜的国王

2011年12月12日

罗兰·巴特之死

1980年2月25日
罗兰·巴特离开一场宴会　下了楼梯
迈着天生狮步　走回法兰西学院　他的
语言学荒野　他的符号学夜总会　无人上课
的教室　幽灵们摸黑记着笔记　途中　《偶遇
琐事》　教授在斑马线被一辆送货卡车撞倒
"人类最古老的消遣"　哦　袭击思想的狮子
多么容易　它仅仅沉浸于自己的步态　长着
只能嚼碎隐喻的牙齿　从不躲闪来自修辞的
暗杀　车祸现场就像一首俳句　肇事者猛踩

刹车　语词的洪流戛然而止　大理石舌头
喷出来　这种火焰只能烫伤墓志铭　不会伤及
稿纸　那时花神咖啡馆　有杯红酒被白袖子
绊倒　"炉子上正炖着什么　厨房很窄小
必须不时起身开锅"（［法］埃里克·马尔蒂）
那时他母亲在天上等他　有只疯鸽子第一次
听见教堂钟声　有条裂缝长出刺　野叉叉地
将先贤寺橡木座位上一袭过期长袍　剐破了
"一切阐释都是无意义的"　"好像活着已经
令他厌倦"　120未发现伤员有任何证件　为永恒
评定职称的元老院乘机将徽章别入大海　安静的
胸脯　直到米歇尔·福柯赶来确认这场风波
属于《零度写作》　抽象的字母被指认为一具身体
将那只苍老的左手放进白被单　担架抬走了头破
血流　没有妈妈的男子　"主体被悬吊在与异体的
映照中"　人们没抢救那本精装的《文本的愉悦》
第六版　出事前作家夹在腋下　倒地后甩手飞出
在巴黎低沉的天空里扇了一阵翅膀　落在斑马线的
第十三道　烫金小门合起来　轻得就像男朋友间的

《恋人絮语》 几乎听不见 与大师的声誉不符

2012 年 12 月 13 日

你还在这里

女仆出嫁了 巴黎还在这里
落日死了 巴黎还在这里
咖啡馆打烊了 巴黎还在这里
船一艘艘冒着烟开走了
巴黎还在这里 波德莱尔死了
巴黎还在这里 大教堂的钟声响了
巴黎还在这里 塞纳河流去了
哦 巴黎 你还在这里

2014 年 9 月 19 日

巴黎黄昏

着火了　着火了　黄昏的巴黎在着火
就像高举刀剑的罗马人　落日在大街那头纵火
塞纳河的光在燃烧　面包在燃烧　酒瓶在燃烧
大教堂在燃烧　波德莱尔在燃烧　玫瑰在燃烧
侍应生的青铜托盘在燃烧　石头的乳房在燃烧
皮鞋头和咖啡馆门口的一排排椅子在燃烧
糖块在燃烧　奶酪在燃烧　一只只金表在燃烧
居民在燃烧　流浪者在燃烧　他们眼睛发亮
头发一丛丛在火焰中升起　这不是毁灭世界的火焰
这是照亮生命的火焰　一切都心甘情愿被烧掉
永劫不复　只留下巴黎　那世界的炉膛
那冷却时间中的诗篇　那黄金铺就的黑暗街道

2017 年

巴黎,在库赞街

我害怕这些街道　　幽灵们还在呼吸
在那些嵌着眼睛的石头砖里
暗藏着发黑的肺　　只是离开人群
一会儿　　蹲在台阶上吸烟
就是那人　　他没看我　　捧着一只手机
谁的短信　　令他那样深地低着头
我聋着　　因此听见死者在低语
意义难辨　　令我不敢快走　　塞纳河的光
为黄昏安装着小玻璃　　也许下一次转弯
那些句子会再次　　不言自明　　我询问道路
向这个妇人　　求那位男士　　站在教堂前
截住刚刚迈出来的黑人　　他顺势比画起另一种
十字　　手臂笔直　　接着弯曲　　最后垂下来　　向
左　　转右　　再回到左　　"弟弟　　我没有多少钱
所以可以给你"　　魏尔伦去克吕尼（Cluny）旅馆
找兰波　　就是走的这个方向　　崴了脚　　被库赞街

凸凸凹凹的石块颠簸得像是一条醉舟　看在眼里
有人写诗一首　有人思忖着在上床之前　要更加
小心　坏小子的肘下夹着一根刚出炉的长棍面包
那么黄　就像是取自街道两旁　时间无法吃掉的
岩石　被落日的余炭　烤得有点煳
在未被咬过的那头

2015年12月

在巴黎一家动物园看豹子

十八世纪的巴洛克建筑　镶着大理石花瓣
还以为是皇宫　骄傲地持着票
跟着排队的人和他们的儿童　妇女　警察
设计师……　在玻璃窗和铁栅栏的卫护下
彼此依偎　巩固着群众的专制　敌视着
它们的乱伦之床　饕餮之桌　写着密码的
日记本　粪便和假山——这个呆板冷漠的

家伙伪善地出现在这里　被我们的大臣
派进去卧底　假冒自然　骗取信任　消除
余悸　鹤立鸡群的俘虏　肉体被剥光　生育
终止　扮相令人害怕　一只兽戴着自制的
假面具　就像疯人院中那些傲慢的天才
它从不垂顾我们——这些潮水般的国王
一眼都不给　嘴角扯着一根看不见的线
在玻璃窗后面小跑着　编织自己的小道
很快到达尽头　又折回　公然忽视规章
在世界的铁框子里　日复一日做出格之事
它才不会跟着那些叫作人的傻子去越狱
猫科的西西弗斯　这一次它自罚　叼着
一块没有重量的石头　从豹子中出走
又回来　从0到1再回到0　再走向1　没有
车站　仿佛获得了另一副门牙　吃掉动物园
在时间的这一小格里　呕吐着那块金质怀表
黑色的光斑中有个太阳　尖锐的胡须一阵阵
碰到我们苍白的颅　吓得缩回来抱成一团
打开　再锁起　走过去的时候是柏拉图

折回来是老子　阴天　太阳在睡觉　一位
伟大的锁匠在玩耍自己脚趾上的钥匙

2015年4月25日

给夏东

断头台小剧场夜晚的朗诵会我记忆犹新
我们在跳舞　拉手风琴　举着酒杯　有人撞翻了葡萄酒
开着玩笑　嘲笑那个铁人罗伯斯庇尔　断头台是什么
于果问　哦　一种古老的游戏机　我说　共和国广场上
晒太阳的人们我也记得　他们把百货公司免费提供的
塑料袋重重地砸在地上　在膝盖上拄起腮帮子　想些
什么　这些法国佬啊　全有那种思考大事的表情
罗丹是对的　那时候有位姑娘正朝着太阳挥舞金发
她献给它　用她祖母的方式　飘啊　再飘
你家窗外天空里的鸽子窝我也还能看见
后来它们飞到了昆明　比在巴黎时灰一些

那日　枪声就在距你家十分钟的地方响起
《查理周刊》倒下　子弹也跟着鸽子穿过天空
不必看见　子弹的飞行不必看见　当我们去
莫里哀街那家书店时　主编先生就站在地铁站牌下
抱着一叠杂志　就像站在报刊亭外　兼卖口香糖的
小老板　我们绕过他直奔下一趟驶向左岸的火车
那个黄昏巴黎的每节车厢都插满热乎乎的长棍面包
我们绕过他就像绕过一棵安静的梧桐树
一棵抱着自己的叶子的中年的梧桐树
我们从没怀疑过它的生长　它的地久天长
好日子和雨水　哦　夏东　那个秋天地铁朝着
塞纳河驶去　进入隧道的一瞬　我看见他弯腰
拾起一本杂志　它刚掉在月台
白色的杂志　世界的倒影

2015 年 1 月 19 日

莫里哀小巷

被一条街崴了脚　十六世纪留下的隐患
因我的迟到而发作　两块马蹄般的石块之间
埋着为趾高气扬设下的小陷阱　一直等着
合适的步骤　波德莱尔曾走过　取他存在
壁橱里的苦艾酒　雨果也来过　他的裁缝店
就在隔壁那条街　他们没陷进去　小时候
就知道巴黎遍布机关　裂缝　由于瞥了一眼
垂地的肉色连衣裙开衩处　鹤步了几秒
（也许　是一首可以押韵的诗）　陷进去了
右脚踝一折　生疼难忍　这样的小痛苦
不仅生产在此　也会在别处　他们当然
经验过　不是在莫里哀小巷　是另一些暗扣
床上　楼道口　后花园中　第四行和第五行
之间

2015 年 7 月 3 日

钟声

教堂的钟声响起
之后紧跟着警笛
我该听哪一个　告诉我
或者给我两副耳朵

2016 年

小偷

哦　巴黎　你的小偷是一个藏在败屋后面的花园
在那里　谁失去了爱情　手表和傲慢
遗物招领处　在倒塌的长椅上　闪着微光

2016 年

巴黎星期日的长跑

汽车禁止通行　大道条条畅通
穿短裤的跑步者　打开蜂窝般的
斗室　纷纷逃进日光大殿　仿佛昨夜
他们做的是同一个梦　一个跟着一个
距离均等　速度一致　不断地运动关节
髋　脚　手臂　肩膀　小腿上别着肌肉短剑
就像那些荒野之人　不是为了优美
他们背叛的是同一种失眠

2017 年 11 月 3 日

面包

这男子手臂上青筋毕露
就像从铁路局取出的一截钢轨

力度不弱　质地更柔软　会弯曲
毛茸茸的似乎因不合格而被废弃
背在后面　握着一根长棍面包
焦黄色　与他的年纪　有着某种近似
异常的香啊　在日耳曼大街
不由自主　我跟着这个面包
走了几步　直到他进了教堂

2017年5月8日

窗帘换了……

窗帘换了　塞纳河上没有船只
新来的妓女是远东的闺女
天空继续着空阔的伟业
夕阳还在树叶间化妆
被歌唱过的波浪还在流浪
秋天　依然在魏尔伦的发茨间闪光

那些瘪掉的戒指还在　那些失效的老花眼镜
和瘪咖啡壶还在　忧郁与悲伤还在
幸福也没有溜走　小偷刚刚甩着手上路
在街角　点燃了下一支纸烟
那本诗集停泊在旧书摊上
风匆匆地翻着它　写下的句子是什么
它没有眼睛　它抚摸着河水　它看不见文字

2017年8月8日

旧地图

带着旧地图　跟着塞纳河穿过你
我迷恋你的咖啡　你的糖罐　你的水坑
你的手臂　你的多疑和恶作剧　我需要
找到一条缝　放下我的旧箱子　小牙刷
我想回到我的古董店　再看看那张埃及脸
兰波呕吐了那条街　阿波里奈尔占据了

这座桥　海明威守着那张床　乔伊斯的马桶
在先贤祠后面　巴黎　我迷路了　找不到
那盏老台灯　那面穿衣镜　旁边有个邮筒
对面是报刊亭　白衣伙计叹着气拖地
台阶上的旅行家　跟着中世纪黑名单上
逃出来的蓝胡子巫师　等着卢浮宫开门
两个相爱的警察瞥他一眼　然后走开了

2017年12月28日

给 Amin

新年的黎明
鸟群朝着去年的曙光飞去
黑暗的森林里　枝丫仍然闪光
哦　想起那个晚秋
那些焦黄的烤肉和土豆
那家阿尔及利亚餐厅的桌子

你的盐在发白

巴黎已经没有林间空地

是我们点燃了篝火

2017 年

法兰西

法兰西不是我的祖国　我听不懂法语

我不关心那些靠着吧台喝啤酒的人在谈什么

我不关心历史　先贤祠　我讨厌龚古尔

普鲁斯特不错　他的笔可以写得很长而

不干涩　侍者用小托盘端上来的咖啡

味道真好　那儿有 246 种奶酪

我喜欢其中两种　我从火车上下来

在秋天　跟着落叶　拖着箱子去找住处

找水源和吃饭的地方　我喜欢此地的湖

泥巴　石头　平原　河流和风　我喜欢

穆沙家　喜欢他家后花园里的苹果树
那儿埋着古罗马的饭碗
白云长着沉思的翅膀
我喜欢卢瓦尔河流过的样子
芦苇的白发在闪光
我喜欢布洛涅公园的靠椅
在那儿　我想起杜甫　唉　夏东
你怎么老不回信　就像那些住院的人
法兰西　我喜欢你旋转楼梯上
黑暗中的笑声　那些发霉的房间
那些死去的诗人　那些继续写的诗人
我喜欢那时的奥娜和菲　我们在暮色里
出发　从这条街走去那条街　有时
挡着黄昏献给教堂的光线就像
中世纪那些沉默的狗　嗨　法国
我好喜欢你街角处那个地铁车站的
入口　就像外祖母的厨房
有股子臭鱼气味

2017 年 11 月 20 日

涅瓦河

荒凉的一天　只有天空与河流

我们不是这个地方的　家乡在异域

有时候遇见骑自行车的　钓鱼的人在蹲点

胖姑娘甩着乳房小跑　一棵枫树挨着果园

狗儿钻进一片芦苇　三个警察在沼泽地里打捞

漂木旋转着在河湾仰泳　于果独自走在后面

咿咿呀呀地唱歌　甩树枝　嚼奶浆草

那一天她二十岁　我说　这就是我的童年

下午六点钟的时候　风停了　万物安静

林中有些枝条被解开　钟声大响

惊天动地　落日倒出一炉黄金

我们一前一后站着发亮　桥墩下多了阴影

无人留意到我们来访　仿佛只是来过大雁

鳟鱼　灰鹭　乌鸦　来过一辆越野车
曾经停在教堂外面

2015 年 4 月 8 日

长短句：于坚行十七章

印度行

这段时间　世界又扔掉了一个陶罐　谁家迁居后
从厨房滚出来　死孕妇的肚子　难产　土红色
与炎热平原上雾蒙蒙的落日近似　沾着干掉的潲渍
在泥沼　臭水沟　旧电池　塑料片　破鞋　烂玩具
死尸　浑身是癣的丧家犬　煤渣　填掉的井　断墙……
之间　还俗　扩大了井的边界　在滚滚红尘中回忆着
它的泥巴前世　那一天　我正跟着一个团在西域观光
他们垂着脑袋　在爬满苍蝇的玻璃窗边昏睡　这不是
景点　三轮车　菩提树　洗衣妇　搬运布匹的板车
警察　裁缝　小偷　铁匠　烧焖的锅子　香料　不必
醒来　仅我　一个捡漏的　发现它　飘飘欲仙　仿佛

刚刚做出来　就得道了　系围腰的陶工　还在那边抠
手心　乘大巴受阻　求司机开门　以为我想随地小便
是可以的　在此　一头神牛跑来踢了一脚　结实着呢
多么美呀　印度　你盛水的形式　如此常见　低廉
固执　饱满　透明——看得见那团混沌的黑暗
待我抱回去　慢慢地　汲取　这个圆　何以如此辽阔
十一日游　菩提迦叶　泰姬陵　孟买　王舍城　德里
举重若轻　搬回时　游客们突然坐直　表情异样
仿佛我皈依了那些灰尘中的苦行僧　将一无所获的
脏钵　拾回来　凭空增加了负荷　无法再购物　也无从
炫耀"到此一游"　还引起猜疑　海关大员的铁指节
敲着这个旧家什　他用过　这么费事　带个水罐子回家
漏不漏呀！　似乎我渴傻了　忍着没笑　放行
像他的祖先一样大方　从前在那烂陀……

2015年12月2日

万象行

镀金的寡妇　十九世纪之留影　鱼子酱连同香槟酒
乘火车穿过印度支那密布鱼米之乡的胁　准时在下午
五点抵达后门　厨子是个意大利人　曾经奢靡到腐烂
一千人共进晚餐　巨蟹和狮子酩酊大醉　朝着河水
呕吐的包括总督　卫戍司令　明星　来自泰晤士河的
女士　马戏团的同性恋演员　通过几根秘密圆柱
帝国般坚固的豪华　逐渐虚无　人去楼空　上半身
继续铺张浪费　雕塑在右侧　地毯铺在壁炉附近
旧阳台摇摇欲坠　为殖民史维持着建筑业的体面
倒也还能频频挥手　目送记忆中的贵客　走向夕阳
驾驶的旧马车　前主人在巴黎　怀恋旧物　杂草丛生
水洼里蚊子慢慢地飞　肖像垂在忧郁里　一只老鼠
在下水道沐浴完毕　就像总督当年与王室晤谈后归来
昂首走上旋转楼梯　曾经高谈阔论　话题涉及波德莱尔
小仲马　一句都没留下来　土著只讲神祇　粮食
洪水　女人和鱼　那时候谁知道死亡在哪　此刻

它证明　在的　就是这儿　一个墓穴　只是位置与埋在
地下的那些不同　修复计划正在后代们的误解中酝酿
还要再来一次　这美丽　这傲慢　这激情　这无耻
这荒淫无度　这失败　这凄凉　这肝肠寸断　这"永远
难忘的一日"　废黜一个概念谈何容易　得用掉多少大象
多少个落日圆　多少夹着雪茄烟的食指和镶着钻石的
无名指　人类不会长大还要再死　死在这　万象真美
夜幕前面　湄公河这条华丽的鱼闪着大片鳞光　乐于
在网　我看见那法国洋房陷入万物共有的黑暗　尚未
坍塌的骷髅　多着股霉味　令我忍不住要向梦寐以求者
提及它　就像说的是我的亲历　是的　我能体会　不必
在此　只是为了符合事实　我得用没落阶级的形容词
和隐喻　写起来不是那么得心应手　就像一个蹩脚的导游

2008年写
2014年改

教堂行

上帝开的老古玩店　旧世纪的厨房　微光来自蓝玻璃
小窗　像个没完没了的老太婆　总是遮遮掩掩　看不清
真面目　有人走进去找肥皂　留下脏抹布　窃喜着
离开　描写它　得回到古典主义　回到那些好夏天
那些慢吞吞的色情作坊　长凿子在岩石上溅起晨星
彼得们可是讲段子的能手　回到费解的巴洛克风格
雇佣那些死去的黑嘴唇　一切才说得清楚　这些花纹
可真难描述　匠人早已失去指甲　跟着盐巴消失在
自己的杰作中　从过去时到现在时　后代的考证总是
在虚构　仅夸张血腥之尖锐　失败之耐受　不知哪来
的安静　我闻见大理石尸臭　十字架的影子掉在砖头
地上　有些地方可不敢踩　废墟没那么结实　但丁或许
还在下面监工　意大利语还有地狱这个词　英语也有
德语不缺　汉语也译过来了　地狱　地是大地的地　狱
是监狱的狱　含义越来越丰富　辽阔　在市中心　不能
提起任何一座老教堂　那些无神论学生会指责你假装为
B　通向地下室的小门一道道锁着　每把钥匙都在垂暮

城邦最深的部分　不好找　只接纳不期而遇　从前包围
它的是珠光宝气　解囊者包括皇帝　大臣　富翁　来自
异邦　背麻袋的流浪者　渔妇和收获了玉米的男人
烧掉女巫之后　红衣主教主持竣工　拱顶上　一些圆
依然做着热带乳房之梦　那些灰骨头排列在拱廊下
"公公，去年这个时候我们在西山赏花"　钙化的肋节上
露着黑夜之肉　多少场献祭　多少次屠宰　多少回认罪
多少烟　多少灰和油　3世纪的祈祷之响　9世纪的
裁判之美　11世纪的火焰之巅　做工诚实　每次都会
在时间额头勒出美　成为神迹　那些自恋的壁画在褪色
是不是浪费了红与黑？　圣人也说过嘛　贡象穷白贵乎
返本　自己看吧　这些咸腻的石头缝　这些从苦役天空
飙出的闪电痕　这些幽暗的心肌梗塞　不再准时的钟
藏在记忆里　偶然起搏　将沉重的购物袋吓一跳　所有
秘方都已失传　所有的手都忙着转业　受雇于七寸手机
目无尊长是普遍的　时兴与神合影留念　这破房子是不是
盖错了　怎样才能除名而不得罪他？　衰败不可挽回
维修就是皈依　历史是浪费的　倦于想象　世界尊重现状
等着它自尽　叛徒死在11世纪　谄媚者死于3世纪　暴君
死于享年过度　信徒死于信仰　敌人死于无敌　怀着遗憾

排着队 "紧跟着我就好" 导游信誓旦旦 他是来自东方的
受贿者 圣典被改为旅游手册 异教徒扮成游客站在管风
琴下 绕一圈 指头沾点儿口水 翻开第一页 行得通吗？
绝对没用 进进出出 一刻钟 摆脱不掉的团 制造着
最新的无聊 从前这儿是荒野 河流 树林子 平畴 诗
石头 水井 葡萄园 先知不穿鞋 鸟鸣时 耕而食 织
而衣 生而长大 美好无双 弯腰种下土豆 起身叠好被子
无有相害之心 晚祷钟声一次次穿过那轮落日 大地感动
天堂不远 马厩那边即是 挂着湿木桶

2018—2020 年

香港行
——为括号书店作

香港的水太浅 摩天大楼和小房间因此
乘虚而入 占领了干掉的岛屿 原住鱼沉下去
新来的金融升起 灯红酒绿中 一家书店可不好找
兰波之鳞 藏在威灵顿街一部电梯里 高美莲的

小书店　在粤语英语和南腔北调的普通话之间
卖法文书　就像地下工作者的秘密接头点　我要执行的
任务　太危险啦！　穿过中环的汹涌物流　缝隙里的
七点半　钻进一排月台般的书架　为一群自愿出院的
读者　念诗　此时他们已经在核对腕表　在各种账簿和
复写纸之间　在计算机桌前的转椅上　在烟卷烫到指头之后
在一轮落日的假眼球对面　期待着超越实物的虚　那些象征
A或B的句子　他们向往着悬置在一个小括号里的
幕间茶歇　我得摆脱掉一千台自动取款机的白眼仁　我得
模仿一条传说中的剑鱼　刺穿混凝土和玻璃门的海
在地铁站亮出乘车卡再磨一次　此生又薄掉一层　但诗没有
这些袖珍的韵已经还原　逃离了滔滔不绝　最近被李金佳和
魏简翻译成法语　更厚了　我只揣着一份　从云南高原
带过来　在古茨店香水行和麦当劳之间披荆斩棘　差点儿
被提大号塑料袋的游客撞倒　甩开穿黑制服的小汽车
就像甩开戴鸭舌帽的特务　步子越发矫健　突然跳上
自动电梯　绿灯冻结　没挤进获胜者们兴高采烈的队列
但修改了第四十八行　增加了三句　拐过报刊亭　朝下坡走
往南上天桥　避开那个正在发小广告的偷渡客　在物业的

集中营里　开辟出一条史无前例的非法隧道　过后就
无人问津了　后继者要重返　得再次迷路　再次
披荆斩棘　再次　超现实　其间当了三回说谎者
旗舰店门口　他们像明星那样问　买了没有？　买了。
吃了吗？　吃了。　上哪去？　置地广场。　没好意思说出
实情　我担心他们起疑　扣留通行证　那些短句已经
过期　提及一次旨在落伍的飞行　鼓吹怠工　2
是今天的暗号　当它在电梯间的绿色小框里跳出来
铁门就会打开　读诗要有光　就有了光　书亮了
满室生辉　一群昂贵的书呆子　哑哑地望着我　正像
战友在等候　盗窃密件归来的战友　有些紧张　我不确定
这些将要被破译的密码　是否在转运的途中　由于周折
不断　早已变质　白昼的营业令人疲倦　喝口水
开始读第一首　但愿这不是一个绝望的时刻

2011年12月12日

二手店行

当白日的旧单车滚过臭水沟　挨着黑眼眶的咖啡馆
二手店睡眼惺忪躲在左岸　里面住着睡袍上挂着腰带
的白跳蚤　弹钢琴的蓝跳蚤　拌染料的红跳蚤　翻箱
倒柜偷东西的青跳蚤　得带上一只紫色的镐头　旁边是
妓院　波德莱尔刚刚走出去　忧郁　还挂在黑纱窗后面
没找到柏拉图抛弃的亚麻衫　有点失望　他要去别家
再找找　衣冠楚楚的议员不会来这里　下台的演员会来
发福的资本家不会来这里　多余的诗人会来　踌躇
满志的船长不会来这里　跳海的难民会来　教授不会
来这里　逃课的女生会来　刺猬不会来这里　孔雀
会来　剪刀不会来这里　肉会来　鳄鱼不会来这里
乌鸦会来　穷鬼会来　失恋人会来　小轿车不会
来这里　拖鞋会来　梅杜萨之筏飘着易装癖的云
门洞中有股子腥味　死衣服等着它的肉身　一个
皱巴巴的忏悔室　厌倦了涂脂抹粉日新月异　二手店
的哲学课　温故知新　有点脏　Ｓ Ｍ Ｌ　谁的遮羞布

烫得那么瘪　那么平　那么多洗衣粉　他是侏儒小林啊
他是油肚保罗呵　你是圆规约翰呵　她是罗圈腿的莎呵
她是妹妹是水桶腰丽丽　我是仇视衣冠楚楚的于　百货
公司　永远没有熊的腰围　脱掉旧制服　甩开烙铁暴君
亚当灭掉烟头　夏娃调整呼吸　红男绿女　贩夫走卒
莫忘了那个春天啊　我们赤脚走过伊甸园　披着霓裳羽衣
未来如雾　太阳刺眼　时代在自己身上　私人的黑生活
味道要重些　四肢要懒些　行头要轻些　我又不是坦克！
妖里妖气些　体贴些　好玩些　走在大街上　要蒙着
红窗帘　要自闭　演出你的人生　不给他们摄像
罗马人的大浴缸　都是易燃物　抱　逮　翻　捏呵
嗅呵　滚　咬　扯　揉呵　向世界挺身而出
跳进　缝起来的火焰　把你的宝贝心肝　揪出来
要有飘带　要有肩　要有膝　要有舌尖
要有唇　要有胡须　要有脚后跟　要有
大腿　要有汁液　塞壬的纺车浅斟低唱
我来了　我看见　我出手　陈词滥调一个个撕开
重新配置　打扮　穿戴　诚实的布有一百个洞
一百个污点　付款　第一只手心甘情愿　第二只手

搂着至爱　第三只手　再摸一把　上帝——那具
衣架　藏而不露的小号深渊　大裁缝　早就做好了
我们的帽子　但是要找　要闯红灯　要头破血流
要感冒　要恼羞成怒　要秃顶　要溃疡　要忧伤
要投降　越界出桂冠　案前舞者颜如玉　不着人间
俗衣服　时间是一种灿烂的污垢　虱子保管着
不朽之血　刚刚脱掉　又来了　抖开再揉皱
绷裂又粘起来　风流倜傥　只差着一颗　小纽子
斯文典雅　在于灰的密度　亲爱的　穿上她的
粉色内衣　跟着她肌肤相亲　去划船　去开门
去游泳　去溜冰　去爬山　去看胖月亮　别碰
她的乳峰　莫撞我的屁股　过道窄　他正在洗心
革面　脖子僵硬的大师　灵感来自墨西哥围巾
主角　梦寐以求的是莫里哀的臭鞋垫　便宜的
手到擒来　珍贵的　够不着　挑来拣去　这里
没有　合格的东西　试试这件　有白杨香气　诸神
都穿过　袖子过长　要卷卷　浪子　你的鞋太薄
美人　你的丝太细　这是谁的牢房　我来开门
哪个的紧身裙　一朵枯花　江南的腰肢来了　马上

盛开　你搂着这一摞　他抱着那一捆　茕茕孑立
这位找回了妈妈的棉花怀抱　朝思暮想　那位遇见了
梦中公狼　称心如意必定是下一件　下一款　唉
世界的贴面舞会　永远在一堆破布之间　我的下流
更适合这条领带　你的无耻　需要一种开裆　套上
那一套　终于解除了面具　戴上这一顶　他首次登基
这把汗　才是　"她的香水"　世界的老衣柜啊　黑手
总是不够长　小丑们又选错了　回到穿衣镜中　再次
顾影　自怜　黯然神伤就是再生　左顾右盼就是确定
上次你演黄裤子　这次粉墨登场的是皮夹克　有点
玻璃光　在巴黎　红磨坊附近　天黑前　有位
瘸腿的幽灵　斩获了一双　二手水晶鞋　那个
憔悴的灰姑娘　会喜欢

2018年3月26日

蔡甸行

那一天在武汉蔡甸　我们开了一个会
张执浩主持　韩东讲了肯定之否定
杨黎讲第三代诗歌对汉语的伟大贡献
我宣称　诗领导生命　会堂里坐着几十个人
又热又闷没有空调没有扇子　小引不在
忙着晚上的诗歌朗诵会　照旧戴着网球帽
在夏天　像那些弹吉他的人　艾先负责记录和
矿泉水　魏天无和魏天真不是兄妹　是
夫妻　庞培抱着个包　杨黎说完就走回去
坐在一女士旁边　何小竹依旧清秀　五十岁了
还没有腐败　我们通过写诗相识　亡命天涯
在南京　在成都　在昆明　在武汉　在大河上
在旅馆　在盆地　在杨黎他母亲家　有个夜晚
何小竹和我在高速公路上迷路　茫茫黑夜漫游
酒瓶倒下了一堆又一堆　美女消失了一群又一群
她们真的美　多年前大家还很纯朴　她们

个个素面朝天　这地方有些传说　关于伯牙
钟子期　他们是知音　据说曾经在高山流水之间
弹琴琴不见了　传说就是谣言　就像我们做过的
那些事　无影无踪　唯一的证据　是这里有些
琴键般的石头　溪流叮叮当当在上面奏个不停
我听了一阵　与别处完全不同　就此认定　谣言
可信　那是一个酷热的下午　没有空调　也没有
扇子　会场外面是风景区　有停车场　有老树
有一个湖　有睡莲　还有菖蒲　当地的同志告诉我
菖蒲在我们湖北叫作水蜡烛　我记下：水灯
屈原一直衔着　只照亮端午节的门　晚上我们
一一上台念诗　被进口射灯烤得苍白　散会后
大家又去吃烧烤　我先睡了　我一向起得早

2017年7月20日

朗诵会行

当天空空等着大雪　心素如斯
这个夜晚在世界的飞地上升起来
一个看台　搭成那种斗兽场形式
写诗的黑手党集会　内讧结束
写诗的穷光蛋集会　内讧结束
每一个词都生长着灵魂的骨头
麦克风里的鹦鹉叫到名字
再次上台去宣布自己打劫的词
《山中剧场》《月亮》《莲》
《窗纱》《河边柳》《高阁寺》
《岳阳楼》《瞬间》《动车穿过故乡》
叛徒们抱着口语自绝于诗歌　无用者
继续着无用的光荣　我来了　我看见
我说出　"这是秋天　神已经赦免了贫乏"
第十二届诗歌人间朗诵会　不是在罗马
是在深圳中心书城　北区大台阶　《特区报》

办的　社长陈寅刚刚出院　率领着夫人
女儿和看台上的三百个考古学家　十一月
三十日　俄罗斯卫星通讯社报道　科学家
确定人类发源地——非洲大陆　西班牙
人类进化研究中心专家穆罕默德·萨努尼说
古生物学家遇到一个奇怪的沙石层
里面有大量古代动物的骨骸　完好无损的
脖子上戴着粉红色围巾

2018 年 12 月 1 日

运河行

谁会走得这么慢　千年过去了　还是那种梳头速度
小家碧玉在春天　独倚望江楼　去码头卖鱼的如意郎君
还没归来　公元 610 年施工的河道已经弯曲　一个湾为
桃花坞的磨石造成　柔软成就了苏州　上善的真丝比
金戈铁马更耐用　织底　令水色更为深厚　五月初

王谢堂前又飘出藕荷色连衣裙　十万工匠一个都不在了　这不是《出埃及记》　上有天堂　下有苏杭　他们没有修筑工事　哦　他们成群结队唱着《抬土歌》　造一条泥巴船驶向江南　厌倦　慵懒　伟大的长工　搬运已成血型　吴王夫差要运　始皇帝要运　大唐要运　乾隆的玉玺要运　落日要运　茶叶和黄金要运　太史绿林要运　阴谋良知要运　北方的传奇之黑要寄给吴承恩的端砚　南方之紫要运往大平原上的染缸　盐巴要运　灯要运　米要运　菜谱剧本文件要运　满足或空虚　都要运　三之日于耜　四之日举趾　七月流火　八月其获　九月授衣　十月陨萚　古往今来　道可道　非常道　人民遵循生活之道　星垂　洪流只是为着找平　从容　悲壮　牺牲坦然　一个姓隋的王朝为此殉情　前仆后继　都运走了什么　一碗奥灶面？　黑暗的抽屉一个个翻遍　撕破的镜子一轮轮明灭　垂杨绿柳拍下一本本相册　一件件青衫在秋波间闪光　又运来了什么？　像是解脱　有人建造码头　有人嫁接果树　有人整理废墟　有人囤积仓库　有人盖新房子　有人在绝望中出嫁　更时髦的技术　谁不梦想长命百岁　超越那些停滞在石头中的空船　古董商在驳岸路的铺子里揣测事物真伪　徒劳

是他们的宿命　夜半钟声到客船　那些靠在疾驰的高铁窗边
假寐的黑马是否梦见自己　被送进另一个梦？　送快递的年轻人
起得早　杨柳岸　晓风残月　摩托后架上驮着一兜自威尼斯
发货的进口包裹　唱着孤独的青春之歌　他父亲过去是住在
枫桥镇的古铜色纤夫　他不知道大运河的故事　不认识杨广
他仅继承平凡　流动　活泼泼地　活着

2019年4月26日在昆明

蟑螂行

一只蟑螂出现在墙根　家庭肥皂剧里的
配角　那么卑微　那么害怕　那么迫不
得已　时刻准备着遁匿　仿佛这个厨房是
犯罪现场　它会被误解　被诬陷　被忽视
世界要害它　一生　被迫鬼鬼祟祟　活在
阴影里　穿着黑褐色的夹克　亦步亦趋地
模仿着　卡夫卡　那只破旧的甲壳虫　瞟着

一块冰糖渣　就像登山家在眺望梅里雪山
爬过盐巴罐　登上酱油瓶　跳下来　蹲在
煤气灶上查看一粒米　是如何死的　经过
一颗缺口的扣子　有一天我从裤子上扯下来
随手扔了　仿佛是珍珠　端详了一阵　它对
亮闪闪的镍币　毫无反应　那么穷　从来没
吃饱过　长着翅膀却拒绝飞往他乡　总是
守着这块地　拖着小丑式的罗圈腿　一边
磨蹭　一边唱着我们听不见的蟑螂之歌
在那本掉在地毯上的《堂·吉诃德》封面
绕来绕去　仿佛它正带着桑丘·潘沙
触须狰狞　涂着可怕的病毒　卫生部
的劲敌　脏东西的小粉丝　卑鄙的窃贼
锋芒只针对上流社会　常常令资产阶级的
玉手　在抖开白餐巾时尖叫起来　彻底
灭绝它的药　正在大学实验室日夜
炮制　人民一致拥护　安之若素　躲躲
闪闪　从胡椒瓶　名片盒　调羹　奶酪
到牙签　掠过火柴梗和抹布　就上了

枕头　仿佛钟情于我　在那枚旧戒指上
流连忘返　叽叽喳喳　由于无聊　由于
那些烂电视剧　那些喋喋不休的说教
培养起来的洁癖和自大狂　我想干掉它
小小地残忍一次　轻而易举地当一回破坏者
视频一贯显示他们多么潇洒　自信
穿着黑色的小牛皮长筒鞋　随手而射
金发的玛格丽特　那只寄生在布痕
瓦尔德集中营下水道的母蟑螂　死于美丽
何况这基于正义　害虫们总是传染
霍乱时期的爱情　我抬起左脚去踩
它正与一只钢笔套　并排　令我突然想起
那失踪的一句　"一只弹钢琴的波兰蜚蠊"
早晨刚要写　因刷牙而忘掉　又回来了
跟着蟑螂　这个最要紧　先记下　趁我
走神　它马上长出八只长脚　逃掉了
快得像一辆正在穿越战线的坦克车
学着那些长着铁蹄的狂人　我穷凶极恶
猛追　猛踩　地板再次躺下　像医院

底层　不会因地震而动弹丝毫　当它
隐身时　我一直想着它　我培养爱的方式
是等待下一只蟑螂　于下午四点半
室光微暗时　出现在花瓶与蛋糕之间
像不请自来的姑妈　它们自古就寄生
在世界的脚底板下　踩瘪它可不容易
它是一个污点

2019年

白螺湖行

看不见草根　黑夜上面　草连着草　组成了嘎玛草原
母马般地蜷伏　正在低语　在发亮的天空下　等着
下一场阵雨　来了　马背闪光　风朝经幡涌去
牧人收紧了皮缰　牦牛是黑暗的陵墓　带来一朵朵
阴影　之间有一潭水　暴雨的烈马留下的一个蹄子印
羊群要绕开　只有星月获准逗留　藏人看出这是一只

海神遗落在大地上的白螺　献予王妃　云在后面建造
一座座高耸在天空间的护法殿　羚羊穿过夜来磕头
取水　它们找到逗留的地方　总是有相爱的人来
贫穷的人来　牧羊人来　迷路人来　失败的人来
躺着　仰望天空的是拉日村的洛桑多吉　煨桑的
是旺姆嬷嬷　也有悲伤的人　不知道冥冥中谁在揩拭
镜子　时间涌出来　又落向何处　那双眼睛不在
我们中间　它看见大地上有火焰　玉石　庙宇
牛奶　爱情　水罐　舞蹈和祭坛　鹰在云端打坐
乌鸦背着蔚蓝色的石头　万物有灵　这样看世界多妙
带着远古的铜色　沉着苔藓和沙　我们来拜访草原
我们总是在赶路　赶路　最后被落日驱逐出境
天黑后　打酥油茶的妈妈　坐在星空下　一千零一次
讲起格萨尔王的妃子　嘎玛草原上的传说　声音很低
像是溪水滑过草叶　感激　坚信　依靠　安静
白螺湖离公路不远　很容易被当作水坑忽略

2016年

贡萨寺行

海拔很高　岩石和溪流呼吸困难　大地之王
贡献这广漠的铅灰色　寒冷　炉子　雪和无用
肉体的禁区　只有精神留下光溜溜的身体　山冈
一条条横亘在天底下　舒展着不言自明的教义
永远长不高的牧草是一支纪律严明而弯曲的军队
令一切归于平庸的神圣　秋杰次成帮巴所建
贡萨寺挨着石头　流水　护法殿的表面是赤色和
灰白色　壁画里面藏着真丝　真理只有露水的时间
与乌鸦和鹰隼平行　还有更深奥的　牦牛一边低头
寻找食物　一边将毛囊间的血　引向黑暗　这草原
有门槛　并不比跨进十二世纪的圣殿轻松　脚一踏错
就陷进沼泽　这是一处基地　朱红色的蜂巢或者
大雄宝殿　看你有几只眼　白云皈依多年成为塔
昆虫在砾石间爬行　背着酥油　荞麦　牵着秃鹫
藏传的风　年轻人追随老年人　旱獭跟着羚羊
妇女们低头看地　裙子垂在泥巴中　转经筒摇晃着头上

的辫子　父亲摇晃它　母亲摇晃它　儿子们摇晃着它
风摇晃它　老祖母在故乡的玛尼堆旁摇晃着它　纺车
摇晃着它　牦牛总是一动不动　摇晃着它　在低凹处
朝圣者前仆后继　爬了三千公里　犹豫在绝对的
信仰中　坚定　抵达时他们重新成为石头　哪有
荒凉　哪有丰富　世界在于如何认识　贫乏者
视天堂为野　神看见木碗中的花园　乌鸦永远
飞不出与生俱来的黑茫茫　沉思　捕捉　等待
辨识　坐在阴沉的大殿诵经　或者去山坡上看它们
做爱　微缩着黑夜　守卫偶像的藏獒蹲在走廊尽头
时刻使着法力　监护着质量　尊严　肃穆　寂寞
随时会吼起来吐出多余的骨头　谁说它是一只狗
无人能够称量的黄金　来历不明的文章　伟大的手艺
谦卑地描出度母　有一根浸透手印的木棒来自
喜马拉雅森林　此刻神秘地搁在蒲团上　柏木
可以敲打出曙光　驼背的小喇嘛有一把七世纪的钥匙
领着我去开门　他叫顿珠　石头遍布山冈　确实有
无数珠子在等待出炉　不一定出得去　大多数终身
守着朴素　向一切致敬　然后回家　怀着喜悦

那是个好日子　朝拜了治多县的贡萨寺　秋天
刚到　草原微黄　我们的越野车在暮色中抛锚

2016 年

浠水行
　　——并赠《后天》诸君

1

浠水县卫生局的李司机是个长着脑袋的人
戴一顶蓝色的棒球帽　忽然说　下老路吧
我熟　弯道多些但不会堵车　我们正面面相觑
在旧邦与新造之间纠结　机场是恐怖的　谁都害怕
误机　他悠然一笑　轮子已偏离高速公路回到了
大地上

2

相逢何必曾相识　被踢了一脚似的蹦起来
古老的灰尘重新扬起　车窗外　出现了松树林
间关莺语花底滑　徐行的轮胎就像驶在河床上
一匹马在稻田中低着头　亲爱的旧电影

3

瘸腿的癞皮狗斜穿大道　夏至乡场　一群簸箕
晾着红辣椒　谁的裙子和乳罩在老屋前面飘　撒娇
荷塘时隐时现　水井出现了　小河流出来　如听仙乐

4

耳暂明　残留在民间的标语太多　几乎每一面墙都

被霸占了　口号的废墟　从前拎着油漆桶刷下它们的
雇工早就失业了　余孽　被一位本土的诗人用作笔名
他提醒我　浠的含义独一无二　指的就是　这条水

5

一个女子在田埂上挺胸前进　牵着她的男娃和黄牛
有人在盖新房子　砖刚刚运出窑口　还在发青　余笑忠
说起他母亲的芦花鸡　正在明月　蜂巢和苹果树下散步
被蟊贼偷到汉口高价卖掉了　城里人如今高抬一切原始的事物
原始的鸡　原始的水　原始的菱角　原始的厨师和姑娘们

6

我说　多年前见过它　在泸沽湖一家小酒馆的鸡笼里
一见倾心　暴君般地命令　就吃这一只！　然后被一双
脏手　拽出去宰了　笑忠闷闷不乐　他母亲整个午后

为此哭泣　在故乡　菩提本无树　因为这白发苍苍的
悲伤　美好的事物不会灭亡　我强作解人

7

江雪打来电话　祝我们一路平安　昨夜坐在他家乡的
台阶上　吟诗　哼歌　干杯　说起苏轼　他来过这
啤酒瓶倒下一大群　老夏的二胡拉到最后　只有守夜的
灰鹧鸪和七颗恒星在听

8

当然了　我们开得很慢　没遇到一盏红灯　张执浩提醒
湖北的六月　雨水最多　我们甚至说到唐朝　过黄梅县
庞培说　慧能于此得法　当夜就走了　朝那边望去　有一轮
落日

9

为了不被颠得东倒西歪　我们彼此
靠着　像从前的朋友　兄弟　骚客　像那些
坐着马车跑在菖蒲大道上的楚国人　一路上
我们心花怒放　仿佛已被治愈

2017年6月23日

秦皇岛行

王的长城在山海关的基岩下止于大海　结局雄伟
而苍凉　远古的波浪在秋天的脊背上晒着太阳
永不屈膝　不受墙与野心控制　不变色　这意味着
登基的大王们　都承认还有更高的地位　有位蔚蓝色
的帝先于他们　水流的任性　一粒沙子的多边形
一只海鸥吱呀着飞过瓦楞起伏的海洋宫廷　传旨于

另一只　这才是最高的统治　口红般的落日叫我站住
嬴政和柏拉图正在夕光的会议上争论小政治　没有身体
的寡头　一再重复着各自的陈词滥调　青年不认为
那是好的方案　他们一个个开溜　沿着岸谈情说爱
踢掉鞋帮上的流沙果壳　造次的宴会留下的玻璃碴儿
他们的父亲　那些亵渎朱砂的造反者　一个个死在怀乡
途中　道理有道理的小圈子　霸道有霸道的大理石
始皇帝姓秦　他不是圣赫勒拿岛的波拿巴　他崇拜大海
他派人去那儿寻找过神　认定仙人必与鱼虾海星为伍
此事导致一个岛被赐封　后代不问是非　盖房子　种地
织网　生儿育女　将婚纱摄影棚开在十三楼　小白放羊时
可没想到　这是秦始皇的封地　羊毛像冬天一样白
真理打入图书馆　读者成为朕　后妃嫁了会计
当我上岸时　巨轮正在横渡　载着秘密之骨　不知
轻重　或者就是故国的第一位皇帝　船头亮着一盏
孤灯　像是刚刚被大海叼出来的龙袍　正在时间的
拍卖行里等着报价　臣子般的波浪在苍天下挥舞着
无数沉沦的手　忠贞不渝地尾随着　酷似就要凝固的
灰色水泥　下面　裹满海带的鲸鱼一条条驻跸

黑暗的车间洗耳恭听　有一把月亮凿子在试探
沉在海岬下面的肋骨　建筑工地也在应和　一家
造船厂在焊接新的阿房宫　忧郁的蓝调　一代代
兴风作浪的海鲜死在啤酒瓶下　涂满化妆品的咸鱼
走出集装箱　为小时代的牙床涂脂抹粉　晚年
就是悲剧　支起一根进口鱼竿　从前的颐指
气使者蹲在海边　并不清闲　每一次拉扯都要
牵扯曲直　电梯里　刚刚洗过脸的女职员　挎着
小皮包　今天预约了妇产科　后来她朝出租车招手
远古的路线　穿过刚刚腾空的垃圾桶　街灯　面馆
超市　向北只有大海　向南有浓烈的煎饼味　几千年
跟着一只被探照灯射中的老鸥掉下　现在　碣石上
是一个港口　停泊或离开　载重或空驶　方向被天气
和咳嗽左右　上班的人无暇思忖　各忙各的　长生
不老意味着　超越肉体　只活在臆想中　此刻
2019年1月8日在昆明　我正在度假区的旅馆读报
第七版左下角有一条小消息　奇货可居　1912年
3月　在英属印度服役的英国准将奥夫利·
萧尔在北京　购买了一件中国大衣　"御制蓝绸

捻金银绣金龙十二章吉服袍"　裁缝为乾隆量身
定做　他稍胖　"我们穿着参加了化装舞会"
秋风萧瑟　洪波涌起　一勺而已
只是为了让我们知道什么是　咸

2018年11月9日写
2020年7月再改

黄州行

炎热的中午　赵老师　教语文的　穿一身白　短裤
凉鞋　在黄州　羽衣蹁跹　步履庄严　仿佛正穿过
大雄宝殿　要带我去临皋之下

1080年　尊者住在这里　"二月至黄舍　馆粗定
衣食稍给　闭门却扫　收召魂魄　物我相忘　身心皆空
无所附丽　私窃乐之"　在那栋陷阱般的连锁酒店里
住了四年　遗址上有台电脑　文字帝国搬运金字塔的

小奴隶　表情乖顺　安国寺改成了大堂　电梯很累

毛笔的黄金时代　"智者创物　能者述焉　非一人而
成也"　无数文章　写了江　写了赤壁　写了明月夜
短松岗　写了蜗角虚名　蝇头微利　写过好猪肉
写到苇花萧瑟　杜宇一声春晓　小舟从此逝　风景
依然　"善书乃其天性"　穿过1000年的沙
东坡的繁体字　至今在时间中为汉语加持　"转
朱阁　低绮户　照无眠"

读书人背诵他　父亲崇拜他　考试以他为试题
"左牵黄"　青年模仿他　带酒冲山雨　和衣睡晚晴
女子们再次投生　桃花弄春脸　想象着自己是"王朝云"
棠岗路那位卖葵瓜子的老板娘不知道他　永不熄灭的
炉子上炖着一锅红烧肉　儿子们的晚餐就要烂熟　他是
羿呵　于流放中射下九个太阳　留下一个最仁慈的　最
黑暗的　困惑的青年时代　我背诵并揣摩那些水调歌头
的出处　是怎样的娟娟缺月西南落　怎样的语音犹自
带吴侬　怎样的独携纤手上高楼　怎样的携壶上翠微

怎样的鳜鱼肥　怎样的空庖煮寒菜　怎样的破灶
怎样的空腹有诗衣有结　湿薪如桂米如珠　怎样的
皇帝和同党　怎样的黑云翻墨　怎样的信笔书此纸
怎样的去国万里　然与砚俱　怎样的聊随物外游　有书
仍懒著　憧憬着那些黄金之夜　我想跟着他失眠
倚仗听江声

背着旅行袋　水　雨伞　身份证　笔记本和照相机
两个橘子以及防蚊虫叮咬的软膏
就像那些走在耶路撒冷的　香客

穿过大楼　小巷　公厕　印刷厂　公安局　银行的自动
取款机　失去了窨井盖的洞穴　断壁残垣　所有的废墟
都像古希腊　一棵被凌迟的海棠树　还没死　如果梨花
已灭　呵呵　哗变算什么鸟事？

一家馆子的下水道旁堆着脏碗　旁边是咸肉作坊和发廊
许多词都拆迁了　教员考证过　这就是雪堂　子瞻
不是记了吗　"得废圃于东坡之胁　筑而垣之"

"堂以大雪中为 因绘雪于四壁之间" 世俗的时代
得学会梦游 随手牵出一匹韩干的细马骑着 "且趁
闲身未老 须放我 些子疏狂"

书生又指着操场 这就是定惠院了 "缺月挂疏桐
漏断人初静" 一个旧足球滚到脚下 起脚踢开 孩子们
尖叫着跟过去 尊酒何人怀李白 又钻进一栋职工宿舍
说是栖霞楼 "为郡中胜绝 中流回望 楼中歌乐杂作
舟中人言 公显方会客也" 老赵老大 风流未减 视通
万里 思接千载 昂首吟出那首伟大的浪淘沙 被电线
绊了一下 耳背的保安跟上来 干什么? "苏同志?
他搬家了" 下一个景点 承天寺 导游指着一排汽车
正在等出发信号 急不可耐又害怕裁判的拳击手 冒充
御者 "错认门前过马" 粉丝不顾 摇头就背 "庭下
如积水空明 水中藻荇交横 盖竹柏影也 何夜无月 何处
无竹柏 但少闲人如吾两人者耳" 直到交通警察命令
精神分裂者走开 所幸《有美堂暴雨》还揣着 要不然
这焦煳的水泥路 如何消磨?

2014年的秋日　八月既望　天空苍茫　稀释着远古颜色
风在大地上收着尸　我来黄州三日　朝拜了苏　出租车司机
多嘴　"此地最有名的是学校　高考600分以上375人"
"道士顾笑　予亦惊寤　开户视之　不见其处　但空江
月明千里"　宋代的宇宙论　依然有指

起草于2016年
2018年10月20日改定

兰州行

每次　穿城而过的河都像是刚刚擀出来　闪着
青铜之光　鹤立鸡群　疲惫的博物馆藏不进大地
风俗　在陇西郡的石头上北望　所有事物都是
铅灰色　这一点给居民以存在的信心　对应世界的
西部美学　兰州不必出产兰花　也不假装牛仔
德国淘金者铸了一座铁桥　熬不过敦煌留下的绸子
戴铆钉帽子的工业屠夫低头向冬天和它的白塔

致敬　裹羊肚头巾的小伙子还在爱一个不是杨柳腰的闺女　春风不度玉门关　要么落荒而逃　要么埋头吃面　电视台要我为忧郁的兰州说句话　我曰兰州是黄河的一只碗　盛着千古之面　张有德家的那碗　或者磨沟沿的那份　我都吃过　七块钱一日之计始于晨　大碗出炉　红油铄金　搅拌者都是马家窑的神秘陶匠　兴　观　群　怨　捞　挑　喝　一筷三叹　大典重演于汤汤圆桌　永歌之不足不知手之舞之　足之蹈之也　围着的都是些失败者失败的张　失败的李　失败的颜　失败的岑　失败的陶　失败的柳　失败的秦腔　失败的羊皮——那激流上毫无野心的筏子　失败的乌金峡　失败的水电站　失败的推土机　失败的诗人叶洲　失败的公务员姚成德　慷慨悲歌　抹着嘴　俯首于生活之鼎甗　鬲　簋　出来时　天光大亮　雾散
满街黑压压地走着穿棉衣的人　有个开灯的房间坐着张书绅　东岗西路50号　《飞天》杂志　青砖楼　一粒沙　戴着近视眼镜　翻着黑暗抽屉寄来的稿纸　文人的寂寞事业　风擎红旗冻不翻　"生不用

封万户侯 但愿一识韩荆州" 无数作者向他投稿
伪书名满天下 编辑清贫而逝 山回路转不见君
必然东去 落日守着白昼之圆月光再造荒凉 黄金
只将黄金埋在沙子里 持久的激情 疯狂的牛肉汤
必然东去 穿过那些通天废墟 那些战战兢兢的电梯
那些含义不明的油 那些死亡游泳池 那些风华正茂
的麦克风 那些不可战胜的纸牌 黄河必然东去 这
就是金城哲学 再来一碗 然后走进紫暮 招手
出租车司机乃吐蕃之后 一路上都在扮演握方向盘的
哑巴 过桥时突然开口 烧香般地说 那是黄河 哦
是的 黄色的河必然东去 这不是胜利 世界从未
觉悟到这个真理 而雪又要来了 时间不过是那匹
骅骝蹄子下面的一只青鸟 飞过摊开在荒原上的剧本
一川碎石大如斗 再来一碗 加点盐 大漠孤烟直

2019年1月8日在昆明

注：三十六年前，余在云南大学中文系读书，张书绅君在甘肃
《飞天》开辟"大学生诗苑"，专门发表其时备受争议的大

学生诗作，耀然若明灯，学生诗人纷纷弃暗投明，是为新诗所谓"第三代"之源起。余投稿，与先生通信甚频，颇获青睐。平生第一个诗歌奖，即为《飞天》颁给。从未与先生谋面。斯人已故，余来兰州，在车上后生姚承德君指出东岗西路50号《飞天》原址，青砖旧楼，一闪而过，愀然。

土豆行

我见过土豆　就像神见过星星　我的高度低些
这儿　那儿　在静悄悄的山野遇见它们　荞麦地
和玉米地之间　埋在秋天灰色的屋檐下　蜗居在黑暗里
听着我们走路　死者的眼睛在等着转世

红色农场　整个三月　跟着父亲去播土豆种　他被流放
到此　1970年　大事发生　41岁　政治将他抛回
出生地　重复祖先做过的事　历尽沧桑　如今这位近视眼
视力非凡　人情练达即文章　卷着裤脚　跟着造物主
绕开陷阱和蛇　测量着一个个土疙瘩　为种子造出合适的巢

我15岁　规划是晚年之事　趁着年轻　乱种一气　刨
一个坑　扔下一个　有时是几个　不在乎　让它们
自己去商量　他的同志站在田垄中间　下巴挂着锄头把
像一台台发生了故障的小型推土机　思忖着下一锄要怎么挖

在泥巴中相依为命的母子　有的是一群　有的是两个
得小心你的左手　右脚　雨和阳光忙了九个月　才有这点儿
积累　用力过度　没心眼　偏了一毫米　弃婴就要被切掉一片
力度不够　漏掉　点点滴滴　最终也会淤积成残忍　"君子
疾末世而名不称焉"　它可不想孤零零地　死在荒野上　"志于
道　据于德　依于仁　游于艺"　一辈子的功课　这一锄　那
　一锄
苟日新　日日新　又日新　如切如磋　它们必须沾满泥巴　才
　能上市

老费还活着的那一天　土豆熟了　正午　好朋友坐下来　唱着歌
歌唱宝石　歌唱乳房　歌唱汤圆　歌唱石头　歌唱桃子　歌唱
歌唱在大海的棉花中呻吟着的果园　爱人的臀部一个比一个更圆

圆满的一日　一切都像土豆那么好　我们公认马龙县的土豆是
　天底下
最好吃的　配着盐巴　苞谷酒　腊肉　守着一亩土豆地死去
　值得

在哥伦比亚南方见过它们　大地的手已经摊开　贡果
滚出来　印第安人拾到麻包里　一袋袋垒在田垄上
嚼着草莓　等着绿卡车　载重的司机刚刚转弯
即将经过教堂　山岗下　一场场婚礼　在烤得焦黄的
头骨中开始　锅子星罗棋布　家家娴于炖

西藏的中午　抖掉泥渣　活佛吃的是荞麦和山芋
蘸点儿神配的酱　僧侣们跟着蘸　低头　呵气　在手心
滚动了三次　揭幕般地剥开　实况永远与揣测不符
以为露出的就是那个馅　才不是　比估计的要面

也在一部关于哲学家的电影　《都灵之马》里看见
马铃薯　悲伤的餐桌　开裂的块茎　父亲和女儿　最后的
一日　最后一个留给看家狗　"整篇对话自外而内计算

主要包括三层言论"　第一层是泥巴　第二层是皮　最后是
干净的肉　伏惟尚飨!　　尼采是一位土豆教父

你没看过这部电影　但是你见过土豆　无边无际　一个
也看不见　一丛丛墨绿色的叶子　跟着小偷们蹲在天空下
没人知道那是谁在作案　谁在腐败　谁将束手就擒　谁
听天由命　谁要投奔流星　谁将成为雕塑　谁会倒在猪圈
至少在摊开的一堆里　挑上个最圆的　总是失手　像太阳的
可没有

2018年9月24日星期一

日喀则行

那一天在红色的日喀则　我正年轻　背着行囊和一壶水
穿着解放鞋
大步穿过青稞地森林在雾中梳头黎明洗脸乌鸦有一个神的名字
雪豹在喜马拉雅山中飞藏族人白色的房子停在山岗风马旗跟着

诸神飘扬一头纸狮子在克服它的高原反应勃起的身体中滚着
骏马和精灵大步迈过村庄城堡寺院奶油色的帐篷　一头藏獒
在栅栏旁咆哮伟大的收藏家保管着中世纪的黑洞我无法走近
钟声响起在云端一家人的门打开了一群松茸戴好了它们的小
　帽子
一百条河流的门打开了一百张唐卡盛开在百花山坡　一百只
　铜锅
在煮着一日的奶茶白度母站在手谈者的集市带来琵琶和将至的
爱情萨迦寺在下雨珠穆朗玛在诵经格桑花的门打开了马群
低着头它找到了根　朱红色的僧人袒露肩膀从腰间取出了钥匙
太阳的门大大地打开了光辉照亮沉思的扎什伦布寺　石头的门
　打开了
木头的门打开了　鸡蛋的门打开了果园的门打开了丈夫和儿
　子们
在秋天的屋顶上干活　降姆的妈妈五十一岁　苹果般的脸上含
　着一排
白牙齿　天空的门打开了　白杨树的门打开了　我遇见摇着羊
　皮转经筒
的人　尾随白云跳舞的人　彼此搀扶的人　走在路上的人要去

拉萨的人

这些快乐的表　匍匐在大地上　走得比时间还慢　我遇见躺在大草原上

的人　遇见无冕的国王　母亲的母亲　骑士　戴绿松石项链的贵妇　美丽的厨娘　格萨尔王的后裔　像一座塔　我遇见白鹤

少女　古铜男子　在长途汽车站我遇见镀着黄金的酥油遇见那些身上

有疤痕　跳蚤和情歌的人　那些来自玉米和土豆的人　他们牵着我

绕过悬崖和溪流　用被镰刀割伤的手　哦呀那一天在遥远的日喀则

唱诗班的门打开了　所有嘴唇都在歌唱　仓央嘉措在每一只经筒中唱着

伤心之歌　那一天　祥光笼罩日喀则　那一天　所有的门都打开了

门洞里挂着祖母们的白发　世界如此老迈　美姗姗来迟但愿这不是

末日　那一天在夕光中的日喀则　我找到旧天堂的大门一只

只羊
在归家　我的脚印跟着它们在泥泞中隐去　那一天日喀则没
　有电
没有旅馆　星星的门打开了　跟着草原上那些一动不动的牦牛
我甘于黑暗

2018年8月1日在理塘

三种记忆

奥登说：三种
令我充满感激的记忆：
一个装满书籍的家，
一个在外省乡村度过的童年，
一位可以倾诉衷肠的导师。
这三种我都没有　可一生
也是感激涕零　要说的话
首先是裹着小脚的外祖母
她给我一个苍老的童年　然后是
那只乒乓球拍——它让我击败了
13个男孩　还要感激一棵老桉树
也曾倾诉衷肠　那一天在雨中

2022年10月12日星期三

后　记

诗解放生命

我大约十年出版一本诗集。上一本是《彼何人斯》。

这本，体现的是我最近十年关于新诗的写法。

十九世纪以降，文垂死。"天雨粟，鬼夜哭"，自汉字问世四千年来，文人第一次对文产生了怀疑。去汉语，能否获得一种现代存在？最近一百年的种种实验证明不能。

失去汉语，中华民族就不存在了。这是二十世纪最伟大的教训。

语言即存在，新诗不是革命，新诗是对汉语的再发现、再认识，贾相穷白，贵乎返本。汉语回到了它起源时代的言文合一，怎么说就怎么写。白话文运动是对汉语的一种拯救，令文能够重新文以载道（道的本义不是宋以来被窄化的理。道不可道，然近道之道不可不道）。

一百年来，汉语摇摇晃晃，各种运动力拔山兮气盖世。最极端的时期，汉字被新青年知识分子斥为万恶之源，用毛笔写文章的文人主张汉语拼音化。又经历了汉语工具化运动，"战战兢兢，如临深渊，如履薄冰"。终于站住了，汉语没有像在日本、越南那样被弃用、消灭，现代中国依然是汉语中国。我依然得以用甲骨文上的那些笔画写作，我的写作是在对汉语的感激和思考中进行的。

诗是一种对语言的沉思。

必须重申那些已经被二十世纪遗忘的汉语诗歌真理。

汉字起源于对神谕的记录。诗言志。诗也是一种记录。最初的甲骨文就是贞人（文人、诗人）对神谕（诗）的记录。谕，告也。（《说文解字》）

结绳记事、文身。语言是道法自然的转喻。

"以指喻指之非指，不若以非指喻指之非指也；以马喻马之非马，不若以非马喻马之非马也。天地一指也；万物一马也。"这匹非马就是语言。

汉语不是追求概念、确定性的抽象工具。"仁者人也""不学诗，无以言"。诗就是仁，不仁非人，不仁就是物，人不存在。汉语是一种引领人去存在着（此在）的语言。这是一种"道法自然"的转喻式存在。

中国先知早就意识到语言即存在。语言就是人与世界、人与人的各种关系。文如其人,你怎么说,怎么写,你就是谁。世间一切皆诗,语言即世界。作者们在语言的此在(造句)中存在。

诗是写语言。作者语言对他者的语言勾引。

诗言志。志,一方面是看不见的黑暗无名之心,感觉、灵魂。感觉、心灵,无、神、知白守黑的黑……都是异名同谓。

文导致了文人的产生。道可道,非常道,说不可说,不可说的黑暗。通过文明,以文照亮生命本具的"被抛"的无法选择的物性。这个古老的使命近于宗教。在宗教开始之前就已经开始。"郁郁乎文哉!"在中国历史上,文是一种救赎,文像时间一样穿越时间。

汉语是天然诗性的、宗教性的语言。语言即宗教,文教。诗解放生命,文明,通过文敞开黑暗无名的动物性生命。诗是人的此在的敞开。

诗解放生命。语言不是至诘以确定的概念、主旨之类的工具、载体,而是道法自然的转喻式的不确定的混茫、存在。

确定性将语言视为确立概念的工具。诗这种语言是对不确定的持存。杜甫说:篇终接混茫。

有无相生，一首诗乃诗人个人语言之有对无（感觉、灵魂、神性、黑、他者……）的勾引、正名、去蔽的语词场域场、语词的祭祀。有无相生，知白守黑，人的生命（仁者人也）由此得到解放、教化、充实、去蔽、现象。

"存在就是被感知。"（贝克莱）"充实之谓美"（孟子）"你未看此花时，此花与汝同归于寂；你来看此花时，则此花颜色一时明白起来。"（王阳明）

有感觉，诗的最低辨识度。有感觉，就是仁。仁必生生。没感觉，不仁，就是生死。

诗是一种勾引。勾引什么？感觉。在诗人，有感而发。在读者，感而遂通。感觉直接来自身体。身体是普遍性的。诗通过语言敞开感觉。不学诗，无以言。不学诗，感觉永远在黑暗里，诗是感觉的敞开。先是感觉，然后才是情、意。感觉是普遍性的、恒定的。感觉产生情意，情意是一己之私，非此即彼。

诗，依然是用汉字一笔一画地写，依然是：子曰："小子何莫学夫诗。诗，可以兴，可以观，可以群，可以怨。迩之事父，远之事君；多识于鸟兽草木之名。"

"噫吁嚱，危乎高哉！"这就是兴。开始，起！一个声音开始了，一句话出来了，一首诗开始了，开始吧！拜吧！跳吧！

说吧！写吧！兴意味着人与黑暗无名的原始物性的既定关系的中断、超越、升华、解放、觉醒。从麻木不仁的、工具性的陈词滥调中脱颖而出。分行！

说出写下第一字，语言随之起舞，横竖撇捺、抑扬顿挫。这个动作就是分行。汉语本具音乐性，宫商角徵羽就是五声。古体诗是根据字数、平仄押韵分行。新诗是自由的分行，蓝调式的私人呼吸。停顿、长短句自由自如，语言之韵律来自身体。犹如毛笔上手。字的构件、组合、约定俗成、具普遍性。上手才区别出诗人。分行只是看上去像诗。诗存在于不分行、不可见之中。杜甫心知肚明，他说：篇终接混茫。观，就是立场、观点、看法。群，就是团结、共享、沟通。怨就是思考、批判。迩远，就是语词与语词的关系、空间。多识："神以知来，以藏往。"（易传）诗是一种超越性的知识，温故知新。"词语一旦被道出，就脱离了忧心诗人的保护，所以，对于已经道出的关于被隐匿的发现物和有所隐匿的切近的知识，诗人不能轻松地独自牢牢地把握其真理性。因此，诗人要求助于他人，他人的追忆有助于对诗意词语的领悟，以便在这种领悟中每个人都按照对自己适宜的方式实现返乡。"（海德格尔）

一首诗是语词联系起来的一个招魂之场，在这个文章之场中，兴观群怨迩远多识都要发生作用。这是一个由诗人（巫师）主持的宗教式的语言祭祀、语言仪式。

海德格尔说："成为作品意味着建立一个世界。""生与死、祸与福、荣与辱、韧与衰都获得了人类命运的形式。"

道法自然，"大块假我以文章"。兴观群怨迩远多识就是建立一个世界。

不学诗，无以言。无以言，人就不存在。

这是一个危险的时代，乡愁日益丧失，诗远离故乡。

怪力乱神、极端主义、未来主义、确定性、技术控、异化、同质化、自以为是的"比你较为神圣""生活在别处"深入人心。巧言令色鲜矣仁，滔滔者天下皆是。谁还在乎诗？

温故知新，诗依然是人类精神生活对物之异化的古老而寂寞的抵抗。

白话文是汉语吗？许多诗人、翻译家、评论家暗示基本上不是了。他们找到了更好的语言。他们忽略了一个最基本的事实，我们是用汉字写作，而不是意义写作。意义转瞬即逝，语言穿越时间。白话文的字演化自甲骨文、金文上的那些字。只是造句方式变了。

惜字如金，这是汉语独一无二的传统。我意识到，汉语写作是写字（如何构造字与字的关系、间距），而不是写意义（什么）。形音义表达同一个字，这种天人合一的字，乃是汉语的根基。杜甫之"亲朋无一字"。贾岛之"僧敲月下门""僧推月下门"。古典诗人早就意识到汉语是写字（写字是开始。修辞立其诚。炼字是修辞）。一个字挨着一个字，各时代的分行、律化、短平快句式、长短句只是对时间的意识不同。律诗意味着一种被控制的时间，（雅驯过度则诗性泯灭）新诗则是自由的时间。

诗三百，一言以蔽之曰，思无邪。无邪就是天真、诚实。"修辞立其诚，所以居业也。"（《易经》）容易野怪黑乱，意缔牢结。朱熹："诚是实有此理。诚字在道，则为实有之理。在人，则为实然之心。诚是实。心之所思皆实也。诚者，合内外之道，便是表里如一。内实如此，外也实如此。""思无邪。伊川说作诚。是否？曰，诚是在思上散发出的。诗人之诗皆情性也。情性本出于正，岂有假伪得来底。思便是性情，无邪便是正。"（钱穆《朱子新学案（二）》）

要回到那种汉语经验中是诗的东西，新诗难度更大。

如果语言是存在的材料，那么写诗就是写字，是作者对字（文）这种文章（已成文）构件的组织、安装、挪动、拆卸、重组、安装。写，种植，字孳乳。所以我将古典汉语所造之句，七言、五言、骈体、长短句视为材料，重组，互文。韩愈、苏轼曾经以文为诗，丰富了汉语的时空关系。江西诗派主张点石成金、夺胎换骨，"不易其意而造其语，谓之换骨法；窥入其意而形容之，谓之夺胎法"（宋·释惠洪《冷斋夜话》卷一）。这种互文性在二十世纪也为巴赫金、本雅明、罗兰·巴特所强调，也是我最近十年诗歌手艺上的一个追求。

汉字乃形音义天人合一式的一体。汉字要看、书写，这种看和上手导致了阅读的沉默。汉语与拼音语言不同，拼音语言听是第一位的，听就可以了。最近几年蓝调式的长短句写得较多。这种现代长短句是蓝调式的，随着语感而即兴发挥。这种写作令我迷狂不已，仿佛是在语言的荒野上漫游，那时候长短是自由的，生命的节奏通过语言的发生得到敞开。

诗是上手的。这意味着诗人的语感在语词书写中的自我运动、敞开。

汉语张力无穷，这一点更长于线性、逻各斯的拼音语言无法望其项背。汉语可以说就是为守护"不确定"而发生的，世界潮流自柏拉图以来一直朝着确定性的方向而去。源于神谕的汉语必然被冷落。"亲朋无一字，老病有孤舟"，汉语地久天长，古典诗人在对汉语的感恩中"篇终接混茫"。我们的孤独与杜甫们"宅兹中国"基于个人际遇的故乡感知的孤独不同,我们今天的孤独是被抛入全球的孤独,在世界中的孤独。守护汉语成为诗人的集体使命,我们是守夜人。未来,那是古老汉语的另一个黎明吗?

子曰:"志于道,据于德,依于仁,游于艺。"这种写作是最高最难的写作。写作最伟大的魅力在此,非他。

我的野心是成为一个用现代汉语写作的古典诗人。子曰:"必也正名乎。"写诗就是正名。名总是在无邪(不确定)与雅驯(确定)之间变动不居。名必须不断地正,否则语言就失去魅力。

我写得如何,读者看吧。我期待着读者,当我写作时,我想象的读者是那些黑暗里的古人。诗没有未来,这是一种古老的手艺,最辉煌的未来是在经济、技术、科学方面。诗是一种决绝的背道而驰。这正是诗的合法性、必要性所在。否则人又何必将情感托付于诗呢?我希望我能成为《诗经》那种古典作者,并为孔子选中。

《中庸》有言:"天地之道,可一言而尽也。其为物不贰,则其生物不测。"杜甫有言:"篇终接混茫。"阿什伯利说"开放性结尾"。庄子说"吾丧我"。奥登说"诗歌必须尽其所能赞美存在和发生的一切"。

写作就是去"吾丧我"。所以,如果读者在阅读这本诗集的时候,忘记了于坚这个作者的存在,乃是作者的荣幸。